Johannes Wilkes

Der Tod der Meerjungfrau

Spiekeroog Krimi

Prolibris Verlag

5. Auflage Juni 2016
Originalausgabe Juli 2013

Alle Rechte vorbehalten,
auch die des auszugsweisen Nachdrucks
und der fotomechanischen Wiedergabe
sowie der Einspeicherung und Verarbeitung
in elektronischen Systemen.
© Prolibris Verlag Rolf Wagner, Kassel
Tel.: 0561/766 449 - 0, Fax: 0561/766 449 - 29

Korrektorat: Christiane Helms
Titelfoto: © Bernhard Brügging, Velen
Druck: CPI – Clausen & Bosse, Leck
ISBN: 978-3-95475-009-2
www.prolibris-verlag.de

Sie schwebte im Wasser wie eine Meerjungfrau. Gleich den Strahlen einer feuchten Sonne umspielten blonde Haare ihren Kopf, und von dem nackten, prallen Leib ging ein zartes weißes Leuchten aus. Die Beine waren leicht zur Seite abgeknickt und lagen eng beieinander. Sanft wurde der Körper von den Morgenwellen geschaukelt. Die elastische Bewegung aber konnte nicht darüber hinwegtäuschen: Die Frau hier war tot. Mausetot.

Dienstag

»Nee, sag, dass das nich wahr is!«

»Is aber so, alle krank.«

»Das gibt's doch gar nich!«

»Is aber so.«

Karl-Dieter war sauer. Stocksauer. Die Koffer waren gepackt, die Stullen geschmiert. In einer Stunde hätte es losgehen sollen. Teneriffa. Zwei Wochen Urlaub vom Feinsten. Schicke Ferienwohnung direkt am Meer. Nur sie beide, Mütze und er. Endlich mal wieder ausspannen, endlich mal wieder weg aus Dortmund, weg aus dem Alltag. Und nun das.

»Krank? Wieso alle? Kann doch nich sein, dass ganz Ostfriesland am Verrecken is!«

»Lebensmittelvergiftung. Krabbensalat auf der Jahrestagung der ostfriesischen Kriminalpolizei. Mit

Salmonellen vollgepumpt bis zum Hals, die ganze Truppe!«

Mütze schlug Karl-Dieter auf die Schulter. Dienst ist Dienst, und Schnaps ist Schnaps. Notfall. Da muss er halt den Kollegen aushelfen. So ist das bei der Polente.

»Und wieso gerade du? Bist du der gute Mensch von Sezuan?«

Mit einem tiefen Hupen legte die Fähre ab. Ihren alten Kadett hatten sie auf einer Wiese hinterm Deich stehen lassen müssen. Autos dürfen nicht nach Spiekeroog. Missmutig stand Karl-Dieter an der Reling und schaute in den grauen Himmel. Für Teneriffa hatte Wetteronline dreißig Grad gemeldet. Und nicht das kleinste Wölkchen. Vierundzwanzig Grad Wassertemperatur, Badewanne! Stattdessen schipperten sie jetzt über die kalte Nordsee.

»Gut, dass du die Koffer schon gepackt hattest«, sagte Mütze.

»Gut? Scheiße!«, erregte sich Karl-Dieter. »Weißt du, was in den Koffern ist? Shorts, T-Shirts, Badehosen!«

»Schieb mir mal 'ne Stulle rüber!«

Gefühlte fünf Mal hatte Mütze Karl-Dieter erklärt, warum er nicht kneifen konnte. Winnie, der Leiter der auch für Spiekeroog zuständigen ostfriesischen Kriminalpolizei, hatte ihm beim Fall »Burdinski« entscheidend geholfen. Auf halb illegale Weise. Seitdem stehe er in dessen Schuld. Und der Urlaub sei ja nur aufgeschoben, nicht aufgehoben. Auch im Herbst sei es auf

Teneriffa bestimmt noch wunderschön. Um Karl-Dieters Stimmung aufzuhellen, holte Mütze zwei Flaschen Jever aus dem kleinen Bistro unten im Schiffsbauch.

»Prost Knuffi!«, sagte Mütze und spülte das trockene Salamibrot runter.

»Prost«, grummelte Karl-Dieter.

Mütze hatte in all den Jahren seine athletische Figur behalten, Karl-Dieter war zu seinem nicht geringen Kummer immer weiter in die Breite gegangen. Und das, obwohl er keine Brigitte-Diät ausließ. Karl-Dieter fand das so ungerecht: Mütze konnte essen, was er wollte, das ungesündeste Zeug, er setzte einfach nicht an. Und bei Karl-Dieter rächte sich der kleinste Riegel Schokolade. Auch aß er nicht mehr als Mütze, jedoch musste er als Hobbykoch ständig probieren und abschmecken. Wie sollte er auch sonst herausbekommen, ob es schmeckte? Gelegentlich zog ihn Mütze wegen seiner Pfunde auf oder kniff ihm in seine Ringe, was Karl-Dieter gar nicht mochte und ihn lange schmollen ließ. Die Pfunde aber hatten auch ihr Gutes: Während Mütze immer mehr Falten bekam, war seine Haut glatt wie ein Babypopo!

Im Inneren der Fähre herrschte ein buntes Sammelsurium an bleichen Feriengästen. Junge Familien mit Kindern, die alle auf irgendwelchen Bildschirmen herumdrückten, Senioren im dezenten Goretex-Look, eine Gruppe junger Männer mit dicken Seesäcken, jeder mit einer Pulle Bier in der Hand. Karl-Dieter blieb trotzig draußen an Deck, so als wollte er Mütze mit dem kalten, böigen Wind strafen. Nur eine alte Frau hatte sich ebenfalls dem Sprühregen ausgesetzt. Als die Fähre das Hafenbecken von Neuharlingersiel verlassen hatte, um die mit zerzausten Birkenstämmen markierte Fahrrinne entlangzuschippern, öffnete die Alte ihre Handtasche und holte ein Stofftier heraus, einen kleinen Seehund. Sie flüsterte ihm was ins Ohr und setzte ihn dann so in die Tasche, dass er auf das offene Meer hinausschauen konnte.

Karl-Dieter knuffte Mütze vorsichtig in die Seite. So was rührte Karl-Dieter. Er war überhaupt schnell zu rühren. Besonders zu Weihnachten. Wenn die Sissi-Filme liefen, mussten ständig die Taschentücher parat liegen. Mütze pflegte dann zu sagen, er hätte echt Seele. Nicht, dass Mütze keine hätte. Im Gegenteil. Aber Mütze ließ sich das nicht anmerken. Niemals. Ging ja auch nicht, nicht als Kriminaler. Hat man je einen Kommissar gesehen, der beim Anblick einer Leiche zu heulen begonnen hätte? Selbst im Fall »Blutiger Montag«, als man die drei ukrainischen Prostituierten aus der Drahtwinde gewickelt hatte und es sogar dem alten Grützke kotzübel geworden war, hatte Mütze in aller Ruhe seine Pommes aufgefuttert. Knallharte Schale eben.

Karl-Dieter war da anders. Karl-Dieter durfte Schwäche zeigen. Von jeher. Als Kulissenschieber an der Dortmunder Oper, der »Apfelsinenschale«, kam es auf andere Qualitäten an, da durften Gefühle durchaus gezeigt werden. Kennengelernt hatten sich die beiden so unterschiedlichen Männer durch den Mord an Fischer-Haselmann, das war schon mehr als zwanzig Jahre her. Der bekannte Tenor hatte beim Aufzug des Vorhangs tot am Weltenbaum gehangen. Zum Glück hatte das Publikum geglaubt, das gehöre zum Stück, so dass keine Panik ausgebrochen war. Geistesgegenwärtig hatte Karl-Dieter den Vorhang wieder heruntergelassen. Mütze hatte die Ermittlungen übernommen. Nachdem er Karl-Dieter als Zeugen vernommen hatte, waren sie noch in eine Kneipe ums Eck gegangen. Es war Liebe auf den ersten Blick gewesen. Seitdem waren sie ein Paar. Und auch wenn Mütze das niemals zugeben würde, ohne Karl-Dieter fühlte er sich wie der Pott ohne Ruhr.

Am grauen Horizont schien ein Stück Land in Sicht zu kommen. Wieder flüsterte die Alte ihrem Seehund was ins Ohr. Spiekeroog. Eine der sieben ostfriesischen Inseln, die hier vor der Küste hingen wie Muscheln an einer Kette. Karl-Dieter war erst einmal hier oben gewesen. Als Kind. Nicht auf Spiekeroog, sondern auf Norderney. Kinderlandverschickung. Aus dem dreckigen Ruhrpott raus an die gute Luft. Sechs Wochen im Kinderheim. Es war grauenvoll gewesen. Seine Mutter hatte ihn zum Dortmunder Hauptbahnhof gebracht, dort hatte man ihm ein Schild mit seinem Namen und dem Bestimmungsort um den Hals gehängt. Sonderzug. Schwarze Ordensfrauen hatten den Tross begleitet. Das Heimweh war grausam gewesen. Nicht mal an den Strand hatten sie gedurft, jeden Tag in

Zweierreihen Hand in Hand durch die Dünen wandern, mit dünnen Stimmchen Fahrtenlieder singen, dann Essenfassen in einem riesigen Saal, als wär man beim Kommiss. Einmal war ein Paket aus der Heimat gekommen und der Inhalt an alle verteilt worden. Drei Gummibärchen waren für ihn übriggeblieben. Das waren seine Erinnerungen an die ostfriesischen Inseln. Und nun musste er wieder hierher, wegen einer Wasserleiche und weil alle ostfriesischen Mordkommissare in der Klinik Salmonellen auskotzten. Und der Hinweis auf eine spätere Reise in den sonnigen Süden konnte ihn auch nicht trösten. Im Herbst ging die Oper wieder los. Extrem unwahrscheinlich, dass er dann zwei Wochen wegdurfte. Wenn sie verheiratet wären, ja, das wäre etwas anderes, sinnierte er nicht zum ersten Mal. Als verheirateter Mann hatte man andere Rechte. Aber Mütze wollte nicht. Die Ehe wäre was für Heteros und für Spießer.

»Bitte, Karl-Dieter, nicht schon wieder diese Diskussion!«

»Lieber ein Spießer und dafür gemeinsam auf Urlaub!«

Die Fähre fuhr nun parallel zur Insel. Niedrige Dünen erhoben sich aus dem trüben Grau, vereinzelt sah man ein paar Häuser stehen. Früher legten die Fähren hier an, und die Kurgäste wurden mit einer Pferdebahn in den Ort transportiert. Seitdem man die Fahrrinne ausgebuddelt hatte, tuckerten die Schiffe bis an das Dorf heran. Missmutig sah Karl-Dieter zu, wie die Kaianlagen näherkamen. Ein paar kleine Pötte schwappten auf den Wellen, vor einem niedrigen Gebäude stand eine Gruppe bunt gekleideter Touristen im Schutz des vorspringenden Daches und winkte. Werden froh sein, endlich wieder von hier verschwinden zu können, dachte Karl-Dieter grimmig.

Bewegung kam ins Schiff. Die Alte verstaute ihren Seehund wieder in der Tasche, und aus dem Schiffsrumpf schoben sich nun die Menschen hinaus, während ein wettergegerbter Ostfriese mit einem Schwenkkran eine schmale Brücke an Bord zog, über die sich nun alles an Land drängte. Etwas abseits, die Brücke beobachtend, stand ein schlaksiger Mann in Polizeiuniform.

»Ahsen?«

»Kommissar Mütze?«

Man schüttelte sich kurz die Hand. Mütze stellte dem Polizisten Karl-Dieter vor: »Herr ten Brinken, mein Partner.«

»Partner? Ich dachte, Sie ermitteln allein?«

»Herr ten Brinken ist ein Freund!«

Ahsen verzog keine Miene, sondern führte die beiden zu einem länglichen Gebäude hinüber, das sich am Ende der Kaianlagen versteckte.

»Der Kühlschrank von Spiekeroog«, sagte er trocken und öffnete eine schwere Stahltür.

Ein Kälteschwall kam ihnen entgegen. Mit dem Aufflackern der grellen Neonlichter wurden hohe, gut gefüllte Regale sichtbar, Kisten voller Milchflaschen, Joghurtpaletten, verpackte Fleischprodukte, Fisch.

»Fisch?«, fragte Karl-Dieter. »Ich dachte, den fangen Sie hier frisch!«

»Ne, ne«, sagte der Polizist, »gefischt wird hier schon lange nicht mehr. Kommt alles vom Festland!«

In der hintersten Ecke lag eine große blau-weiße Folie. »Delikate Friesenbutter« stand darauf. Als Polizist Ahsen die Folie beiseitezog, kam die Meerjungfrau zum Vorschein. Karl-Dieter murmelte etwas vom Gepäck, um das er sich kümmern müsse, und stürzte hinaus. Mütze trat näher heran. Auch ohne Rechtsmediziner schien die Todesursache klar. Der ganze Körper war ohne Verletzungszeichen, keine Hinweise auf eine Vergewaltigung. Nur der Hals sah merkwürdig aus, war blau-rot angelaufen. Würgemerkmale, stellte Mütze fest. Dazu die blutunterlaufenen Augen mit den roten Konjunktivae. Kein Zweifel. Die Frau ist erwürgt worden. Wie alt mochte sie gewesen sein? Dreißig vielleicht?

»Kennen wir schon ihre Identität?«

»Antje Söring. Arbeitet hier in einer Eisbude.«

»Haben Sie sie gekannt?«

»Auf Spiekeroog kennt jeder jeden.«

Die Tote mochte nicht unattraktiv gewesen sein, trotz der paar Kilos zu viel. Eine gewisse Anmut lag immer noch in ihren Zügen. An ihrer rechten Hand trug sie einen goldenen Ring.

»Verheiratet?«

»Ne, wohnt hier ganz allein.«

»Verwandte?«

»Ihre Mutter lebt oben in Holstein, vom Vater wissen wir nichts.«

»Wer hat sie gefunden?«

»Knut Knutsen vom Küstenschutz.«

»Legen Sie sie in einen Sarg und lassen Sie sie schnellstmöglich in die Rechtsmedizin nach Bremen bringen!«

Der Polizist machte ein verlegenes Gesicht.

»Was ist?«, fragte Mütze, »gibt's Probleme?«

»Nur das mit dem Sarg. Wir schaffen unsere Toten immer damit aufs Festland.« Ahsen deutete auf eine längliche Bretterkiste, auf der in gelber Schrift »Orangengold« stand. »Ist nur wegen der Touristen. Kommt nicht gut, wenn der Kran einen Sarg auf die Fähre hievt!«

Mütze grinste. Klar, die Touristen! Wollte man nicht mit schwebenden Särgen begrüßen. Ihm war es egal, nur schnell nach Bremen mit ihr, seinetwegen in einer Apfelsinenkiste. Die Leiche musste schnell geöffnet werden. Was man von außen sah, war das eine, was sich im Innern offenbarte, etwas anderes.

»Sind die Leute von der Spurensicherung noch draußen?«

»Mit der Fähre vor zwei Stunden gekommen, werden noch beschäftigt sein.«

»Sagen Sie ihnen Bescheid, ich komme in etwa einer Stunde nach.«

»Wird gemacht!«
»Und wo finde ich diesen Knutsen?«
»In seinem Dienstgebäude.«
»Er soll sich bereithalten.«

Die Ferienwohnung erwies sich als ausgesprochen schmuck. »Nachtigall« hieß sie und befand sich mit drei weiteren Wohnungen gegenüber der alten Inselkirche. Sie hatten mit ihren Rollkoffern nur wenige Minuten den Deich langklappern müssen, dann hatten sie schon den Ort erreicht, wo ihnen Ahsen die Wohnung besorgt hatte. Mitten im Zentrum. Wenn man bei so einem kleinen Dorf von einem Zentrum reden kann. Sei nicht einfach gewesen, eine Unterkunft zu finden, jetzt zur Hochsaison, hatte der schlaksige Polizist stolz bemerkt.

Karl-Dieter begann sogleich, alles häuslich einzurichten, packte die Koffer aus, legte die T-Shirts akkurat auf Kante in den Einbauschrank und die Pyjamas auf die Kopfkissen, den seinen wie immer auf die rechte Seite, denn er war ein Rechtsschläfer, auch im Urlaub. Wobei, von Urlaub kann natürlich keine Rede sein, stellte Karl-Dieter seufzend fest, da soll man sich mal von der schnuckeligen Wohnung nicht täuschen lassen. Wenn Mütze ermittelte, hatte sich alles andere unterzuordnen. Auch die Liebe. So war Mütze eben, vom Scheitel bis zur Sohle ein Profi, das wusste auch Karl-Dieter. Konnte nur manchmal echt nervig sein. Auf der anderen Seite mochte Karl-Dieter ihn auch gerade deswegen. Er selbst ließ gerne mal fünf gerade sein, Disziplin war nicht seine Stärke, zumindest nicht bei der Arbeit. Wenn es bei einer Probe mal wieder Krach gab, weil ein junger Regisseur meinte, Rumpelstilzchen spielen zu müssen, ließen sie ihn erst recht auflaufen. Regisseure kamen und gingen, die eigentlichen Herren im Hause waren die Bühnenarbeiter. Besonders, wenn man so lange dabei war wie Karl-Dieter. Damit war er unkündbar.

»Willst du die obere oder die untere Schublade?«, rief er Mütze zu.

»Die mittlere!«, erwiderte Mütze und verabschiedete sich. Sie würden am Nachmittag einen gemeinsamen Strandgang machen. Voraussichtlich. Zuvor hoffentlich noch eine Kleinigkeit essen.

Karl-Dieter war's recht. Er liebte es, in Ruhe eine neue Wohnung zu beziehen. Mützes Socken legte er in die obere Schublade, die seinen in die untere. Dann folgten die Unterhemden und -hosen. Mütze trug stets die immergleichen gerippten Billigdinger von C&A. Karl-Dieter hatte da andere Ansprüche. Er war stolz auf seine schöne Seidenunterwäsche. Ganz nach oben legte er eine schwarze Unterhose mit feinen Stickereien und strich sie liebevoll glatt. Das hübsche Teil hatte er sich vor Jahren von einer Dienstreise aus Paris mitgebracht, wo er an der dortigen Oper ausgeholfen hatte. Es kratzte zwar ein bisschen, aber was machte das schon? Das Gefühl, ein solches Höschen zu tragen, machte einfach gute Laune. Da fühlte man sich doch gleich ganz anders. Mütze verstand das nicht. »Sieht doch keiner, was du unter deiner Jeans trägst«, hatte er nur gemeint. Mütze hatte eben kein Gespür für feine Wäsche. Karl-Dieter seufzte ein wenig. In manchen Dingen war Mütze einfach ein Prolet.

Gut, dass Ahsen ihm sein Dienstfahrrad zur Verfügung gestellt hatte. »Wir auf Spiekeroog wollen das Tempo bewusst entschleunigen«, hatte er gesagt.

Selbst Fahrräder werden auf Spiekeroog nur höchst ungern gesehen, einen Verleih gibt es nicht. Das Schlendern des Fußgängers soll wieder zum Maß aller Dinge werden. Einen wesentlichen Erfolgsfaktor für einen gelungenen Urlaub sieht man auf Spiekeroog darin, die Hektik herauszunehmen. Die Hektik unseres modernen Lebens, die sei an den Zivilisationskrankheiten schuld, am Bluthochdruck, der Nervosität, den Schlafstörungen. Und an der Aggressivität.

»Ohne diese permanent überhöhte Geschwindigkeit sind die Menschen viel gelassener und friedfertiger«, hatte Ahsen noch gemeint.

Friedfertiger? Mütze dachte an die Meerjungfrau. Da hatte wohl das Inselurlaubskonzept versagt. Alles, was er bislang wusste, deutete auf ein Verbrechen aus sexueller Absicht hin. Ob der Mörder ein Einheimischer war? Die Statistik sprach dagegen. Auf wenige Hundert Spiekerooger kommen Tausende von Urlaubsgästen. Aber wer sollte auf die Idee verfallen, sich zum Morden ausgerechnet nach Spiekeroog zu bemühen?

Das Dienstgebäude von Knut Knutsen befand sich ganz im Westen der Insel. Der Wind blies aus dieser Richtung, und Mütze musste ziemlich strampeln, um durch die Wiesen und Weiden voranzukommen. Links lag eine weite Koppel, auf der trotz des schlechten Wetters eine Handvoll Reiter damit beschäftigt schien, ihre Pferdchen zu satteln. Vielleicht waren es auch Ponys. Mütze kannte sich da nicht so aus. Pferde waren was für Frauen.

Niemals hätte Mütze dies Karl-Dieter gegenüber zugegeben, aber im Grunde war er heilfroh, jetzt hier zu sein. Hier im kühlen Norden, hier auf Spiekeroog im windigen Sprühregen und nicht auf dem sommerheißen Teneriffa. Die Meerjungfrau hatte ihm der Himmel geschickt. Eine Stunde später und er hätte im Flieger gen Süden gesessen, zwei Wochen urlaubsmäßig verhaftet. Nur Karl-Dieter zuliebe hatte er der Reise zugestimmt. Mütze wusste, wie viel Karl-Dieter der gemeinsame Urlaub bedeutete. Zum Glück hatte er ihm zumindest die Hotelanlage ausreden können. Letztes Jahr waren sie in so einem Ding gewesen, in der Türkei, ultramoderner Komplex mit allem Schnickschnack. All-inclusive selbstverständlich. Es war grauenhaft. So schön es auch war, sich daheim in ihrer Wohnung in Dortmund-Hörde von Karl-Dieter bemuttern zu lassen, im Urlaub war das für Mütze der Horror pur. Dieser ganze alltägliche Kram, die Art, wie ihm Karl-Dieter noch ein Scheibchen Lachs auf den Teller schob oder ihm die Serviette reichte, mit der er sich einen Marmeladenklecks vom T-Shirt wischen konnte. War einfach nicht auszuhalten, nicht wenn die Nachbartische zuschauten.

Auch die abendlichen Gänge zum Sonnenuntergang, wenn Karl-Dieter, im Innersten bewegt, nach seiner Hand gegriffen hatte, waren eine einzige Qual gewesen. Nichts gegen Zärtlichkeit, aber doch nicht so. Nicht auf diese kitschige Weise. Ach, Karl-Dieter! In manchen Dingen waren sie fundamental anderer Ansicht. Vielleicht lag es auch gar nicht an Karl-Dieter, vielleicht lag es auch an ihm selbst, gestand sich Mütze bisweilen ein. Vielleicht war er einfach nur verklemmt, old-school, ein emotionaler Neandertaler. Vielleicht sollte er die Sachen lockerer sehen. Und doch regte sich Mütze immer wieder aufs Neue auf. Diese vorwurfsvollen Blicke abends an der Strandbar zum Beispiel, wenn er sich zum Bierchen noch einen Klaren bestellte. Als wäre er ein Säufer! Er wollte im Urlaub doch nur etwas entspannen. Nein, nie wieder so eine Hotelanlage. Das hier mit Spiekeroog war doch ein schöner Kompromiss. Karl-Dieter konnte sein Hausfrauen-Gen ausleben, und er hatte die besten Gründe, sich dann und wann zu verabschieden.

Knut Knutsen war ein Mann, dem man sein Alter nicht ansah. War er vierzig? Oder vielleicht schon sechzig? Sah aus wie der frühe Fidel Castro, hager, bärtig, stocksteif. Irgendwie militärisch. Und dann die Sonnenbrille, bei diesem Pisswetter.

»Tasse Tee?«

Mütze nickte. Warum nicht? Knutsen schob einen Haufen von Papieren von seinem Schreibtisch und warf ein klimperndes Klümpchen Kandiszucker in ein winziges Tässchen, dann nahm er eine Kanne mit langer Tülle von einem Messingstövchen und goss ein wenig dunklen Tee über den Kandis, der darauf mit hellem Knistern zersprang. Dann folgte ein Tropfen Sahne, der sofort unterging, um kurz darauf als kleines Wölkchen wieder zu erscheinen. Mütze packte den Löffel und wirbelte alles zu einem braunen Einerlei zusammen, was Knutsen nur mit einem Stirnrunzeln quittierte.

»Schuss Rum?«

Das klang schon besser.

»Erzählen Sie, Knutsen, wie haben Sie die Leiche gefunden?«

Knutsen begann etwas umständlich, berichtete, wie er heute Morgen zum Oststrand hinausgefahren war, um den Bewuchs der dortigen Weißdünen zu überprüfen und zu protokollieren: »Normalerweise ist um diese Uhrzeit dort draußen niemand unterwegs. Die Frühaufsteher unter den Touristen machen sich gerade zum Inselbäcker auf. Die Gegend dort draußen ist weit weg vom Badestrand, etwa drei Kilometer. Als ich die letzte Dünenreihe vor dem Meer erreicht hatte, ist mir ein Schwarm Möwen aufgefallen, der mit hellem Gekreische um eine Stelle in der Dünung gekreist ist. Muss kurz nach sieben gewesen sein. Die Ebbe hatte gerade ihren Tiefstand erreicht und die Stelle da liegt ziemlich weit entfernt. Mit dem Feldstecher aber konnte ich sehen, dass dort ein Mensch im Wasser trieb. Sofort bin ich runter zum Strand, hin zum Wasser. Hab sie gleich erkannt, Antje. Im niedrigen Wasser schwebte sie wie eine Meerjungfrau.«

»Was hat sie um die Zeit da draußen gemacht?«

»Sie war oft früh unterwegs.«

»Zu welchem Zweck?«

»Um nackt zu baden.«

»Woher wissen Sie das?«

»Das weiß jeder hier auf Spiekeroog.«

»Und sonst ist Ihnen nichts aufgefallen?«

»Nein, nichts.«

»Lag ihre Kleidung in der Nähe?«

»Nein, keine gesehen.«

»Wie war das Wetter?«

»Trüb, windig. Leichter Regen.«

»Wie ging's dann weiter?«

»Hab sofort Ahsen angerufen, und wir haben das Mädchen aus dem Wasser gezogen und zum Hafen gebracht.«

»Fahren wir hin!«

»Zum Hafen?«

»Nein, zum Fundort der Leiche!«

Knutsen besaß eines dieser schmalen Elektroautos. »Was jetzt überall auf der Welt mit viel Tamtam als Innovation eingeführt wird, das haben wir bei uns auf

Spiekeroog schon seit Jahrzehnten«, berichtete Knutsen mit sichtbarem Stolz, während sie den Weg zurückbrummten, Ahsens Fahrrad auf dem kleinen Anhänger. Der Wind blies weiter böig von West, aber die Wolkendecke war aufgerissen, und es hatte aufgehört zu regnen. Als sie den Ort passierten, verlangsamte Knutsen das Tempo und fuhr über den Gartenweg und den Noorderpad am Kurzentrum und dem Dünenfriedhof vorbei über einen schmalen, mit Verbundsteinen gepflasterten Weg. Die Elektrokiste schaukelte heftig, Knutsen aber saß weiter stocksteif am Steuer.

»Der Regen, wissen Sie«, sagte Knutsen, »nur Sand hier, der Regen spült ihn immer wieder weg, auch unter den Verbundsteinen.«

»Wie gut kannten Sie die Tote?«

»Wie man sich hier so kennt. Ein kleiner Schnack, ein paar Worte, wenn man sich mal ein Eis leistet.«

»Was für eine Frau war sie?«

»Antje? Immer fröhlich, unkompliziert, netter Typ. Arbeitet seit ein paar Jahren hier auf Spiekeroog.«

»Hatte sie Feinde?«

»Feinde? Antje? Wie kommen Sie denn darauf! Die Antje doch nicht!«

»Haben Sie sie oft getroffen, wenn sie nackt gebadet hat?«

»Ich? Die Antje?«

»Kann doch sein, Sie sind doch viel unterwegs.«

»Hören Sie, ich kümmer mich um die Deiche und die Dünen. Die Dünen, die sind die Lebensversicherung für die Insel. Ohne die Dünen wär hier Land unter. Und was die Dünen nicht absichern, das ergänzen wir mit den Deichen. Dünen und Deiche, das ist unser Schutzwall hier.«

»Beantworten Sie bitte meine Frage: Haben Sie Frau Söring früher bereits beim Nacktbaden beobachtet?«

»Ich wüsste nicht, warum das wichtig wäre, aber bitte schön: Zwei-, dreimal vielleicht.«

»Immer an derselben Stelle?«

»Ja, immer draußen, wo der Nordstrand zu Ende geht.«

Nachdem sie die letzten Ferienhäuser passiert hatten, tauchte der geschwungene Weg in ein weites Dünenmeer. Böig drückte der Wind die kargen Gräser nieder, die sich auf die sandigen Hügel trauten. Knutsen fuhr nun wieder schneller. Ab und zu machten ein paar einsame Wanderer in Outdoor-Funktionskleidung für sie Platz, dreimal passierten sie irgendwelche Erholungsheime, sonst nur Botanik. Rechts tauchte ein Abzweig auf, ein Schild wies auf ein Umweltzentrum mit Naturkundemuseum hin. Und auf ein Knabeninternat, das in dieser Einsamkeit lag.

»Das Muschelhaus«, sagte Knutsen und drückte sich die Sonnenbrille zurück auf die kräftige Nase, »ein Gymnasium für Söhne reicher Leute, die keine Zeit für ihre Kleinen haben. Hier draußen finden sie den Weg zurück zur Natur. Keine lauten Vergnügungen, keine Drogen, keine Partys. Nur Meer und Sand.«

Mütze zog die Stirn kraus. Er war in Dortmund groß geworden, dreckig und rußig, aber immer was los, immer Leben. Musste doch grauenvoll sein, das ganze Jahr in den Dünen. Immer nur Muscheln zählen. Sterbenslangweilig! Ein Rentnerleben schon als Teenie!

»Sind auch welche dabei, die das Jugendamt schickt?«, fragte Knutsen.

»Wieso das Jugendamt?«

»Na, eure verwahrlosten Großstadtjugendlichen, von der Straße aufgelesen.«

Ein Leben zwischen Skylla und Charybdis, dachte sich Mütze und sah aus dem Fenster. Ein einsames Windrad ließ seine Flügel kreisen. Wie ein Spielzeug wirkte es gegenüber den Riesenrotoren, die drüben auf dem Festland allüberall den Küstenhimmel zerpflügten.

Knutsen fuhr nun über noch schlechter befestigte Wege, dann wurden die Dünen niedriger, und hinter einer weiten Biegung ließ Knutsen den Wagen im Sand ausrollen. Ein anderes Elektroauto stand schon dort.

In Ufernähe knatterten rot-weiße Bänder im Wind. Zwei Männer in Ganzkörperkondomen, ein Großer und ein Kleiner, winkten ihnen von der Ferne zu, Mütze und Knutsen stiegen über das Flatterband, und die vier trafen sich mitten auf dem unglaublich weiten Strand.

»Und?«, fragte Mütze, nachdem man sich vorgestellt hatte.

»Keinerlei Spuren. Alles vom Winde verweht. Oder von der Flut davongespült.«

»Und sonst?«

»Nichts, bis auf das hier.«

Der kleinere der Männer öffnete einen Sack. Ein gelber Ostfriesennerz wurde sichtbar, ein geringelter Pullover, eine Jeans, Socken, Unterwäsche.

»Offensichtlich die Kleidung der Toten«, sagte das kleinere Ganzkörperkondom, »haben wir dort drüben gefunden, wo jetzt die kleine Fahne steckt. Nur ein schmales Brett hat draufgelegen, wohl damit nichts weggeweht wird.«

»Das Einzige, was fehlt, ist der zweite Schuh«, sagte das größere Ganzkörperkondom und zog mit seinen Latexhänden einen leichten Slipper hervor. Aus blauem Leinen.

»Wo könnte der rechte sein?«

»Keine Ahnung, vielleicht fortgeweht!«

»Ist das möglich?«, wandte sich Mütze an Knutsen.

»Bei dem Wind? Kein Thema!«, sagte Knutsen, »da hat's schon ganz andere Dinge davongeblasen.«

»Ach ja«, sagte das größere Ganzkörperkondom, »ein Fahrrad haben wir auch gefunden, ein Damenfahrrad am Dünenweg. Könnte der Toten gehören.«

Mütze ließ sich die Stelle beschreiben.

»Sollen wir weitersuchen?«, fragte das große Ganzkörperkondom.

Mütze sah über die weite Strandwüste hinaus und zuckte die Achseln. War wohl zwecklos.

»Dann machen wir Schluss«, sagte das kleine Ganzkörperkondom erleichtert, und die Männer verabschiedeten sich. Mütze ging mit Knutsen durch die Dünen zu dem Weg zurück, wo sie ein blaues Damenfahrrad mit aufgemalten weißen Blümchen entdeckten.

»Antjes Rad«, sagte Knutsen.

»Können Sie mir noch mal die Stelle zeigen, von der aus Sie die Tote entdeckt haben?«, fragte Mütze Knutsen.

Der nickte und so gingen sie gemeinsam zurück zu einer hohen Randdüne. Hinaufzukommen war schwieriger, als es aussah, immer wieder rutschte einem der feine Sand unter den Füßen weg, dazu peitschten die fliegenden Sandkörner über den Strand und stachen wie Nadeln auf der Haut.

»Hier oben war's«, schnaufte Knutsen.

»Geben Sie mir doch mal den Feldstecher.«

Mütze drehte am Rädchen und suchte das Meer ab. Wie die Perlen an einer Schnur fuhren am Horizont dicke Pötte über die graue See, Kähne, groß wie Häuser. Containerschiffe vermutlich.

»Fahren alle nach Wilhelmshaven, in den neuen Jade-Port. Oder die Weser hinauf nach Bremerhaven. Werden jedes Jahr größer.«

»Und warum fahren sie nur von links nach rechts?«

»Zurück geht's hinter dem Horizont.«

Hinterm Horizont geht's weiter! Schon der gute alte Udo hat's gewusst. Auch auf dem Meer gibt's Straßen, unsichtbare, nur durch Koordinaten und den Kompass bestimmte. Damit's nicht knallt. Mütze ließ den Feldstecher weiterwandern, immer an der Schiffskarawane entlang, bis ein Leuchtturm auftauchte und ein hoher Backsteinturm, der direkt aus der weiten Strandwüste herauszuwachsen schien.

»Wangerooge«, sagte Knutsen, »der Westturm. Heute 'ne Jugendherberge.«

Mütze richtete das Fernglas wieder auf das offene Meer. Wild schäumten die Wogen, heftig peitschte der Wind das Wasser auf. Mit auf- und abschwellendem Rauschen berannten die sich überschlagenden Wasserberge den Strand. Kein Badewetter. Nackt in die Fluten zu stürzen, darauf musste man bei dem Wetter erst mal kommen. Noch ein Stückchen weiter kippte er den Feldstecher herunter, sah die beiden Männer von der Spusi, die sich aus ihren Kunststoffanzügen pellten und sie in ihren Koffern verstauten. Links davon, in einiger Entfernung, entdeckte er geblähte Plastikstreifen in der Luft. Da ließen wohl Jungen ihre Drachen steigen.

»Ne, ne«, sagte Knutsen, »das sind Kiter, die wollen aufs Wasser hinaus.«

»Kiter?«

»Na, Wellenreiter mit Segelantrieb«, sagte Knutsen, »der neue Trendsport.«

Mütze nickte. Immer mal was Neues. Gab ja jetzt auch Surfer in Dortmund, auf dem Phoenixsee. Segelten mitten über das alte Hoesch-Gelände, über die alte Stahlküche, die die Chinesen Schraube für Schraube abgebaut hatten, um das Werk in China wieder aufzubauen. War ein kluger Schachzug gewesen, heute verkauften sie uns den Stahl für teures Geld. Segler auf Hoesch! Wenn das sein seliger Herr Vater noch erlebt hätte!

»Fahren Sie mich bitte zu Ahsen!«

Ahsen saß in seiner kleinen Polizeistation und telefonierte. Auf seinem Schreibtisch stand eine fette, hässliche Holzmöwe auf einer dicken Spiralfeder. Als Mütze den Raum betrat, verabschiedete sich Ahsen rasch und legte auf.

»Bringen Sie mich bitte zur Wohnung der Toten.«

Auf Spiekeroog liegt tatsächlich alles nur einen Möwenschiss auseinander, dachte Mütze. Vom Tranpad, wo sich die kleine Polizeistation befand, an der Neuen Inselkirche vorbei zum Süderloog waren es nur ein paar Schritte. Das Haus, in der die Tote gelebt hatte, war eines dieser verklinkerten, sich vor dem Wind duckenden Inselhäuser. Weiße Fenster, freundliche grüne Läden. Neben dem Eingang blühten ein paar zerzauste Rosen, der Rasen sah etwas mitgenommen aus. Die Haustür stand offen, und sie gingen, ohne jemanden zu treffen, die Treppe hinauf in den ersten Stock.

»Hab die Tür bereits versiegelt«, bemerkte Ahsen stolz, »die Spusi wird gleich kommen.«

Mütze aber wollte nicht warten und so brach Ahsen das Siegel wieder.

»Für die Wohnungstür hab ich uns den Schlüssel bereits besorgt.« Ahsen strahlte übers ganze Gesicht. Zum ersten Mal war er offizielles Mitglied einer Mordkommission, was sein Selbstbewusstsein sichtbar hob. »Die Vermieterin wohnt am anderen Ende des Dorfes. Ich habe ihr natürlich nichts von dem Mord gesagt. Kein Sterbenswörtchen. Hab einen Vorwand gebraucht«, sagte Ahsen und schloss auf.

Die Wohnung bestand im Grunde nur aus einem einzigen, nicht sehr großen Zimmer mit angeschlossenem kleinem Bad. Ein typisches Mädchenzimmer, alles in Rosa und Pink gehalten. Auf dem ungemachten Bett tummelte sich der ganze Ozean in Plüsch: Seepferdchen, Seehunde, Seesterne, diverse Fische, sogar ein Hai mit aufgerissenem Gebiss. Der Schreibtisch diente gleichzeitig als Schminktisch, eine ganze Armee von Schminkutensilien stand darauf, sowie jede Menge geleerter Becher Diätschokojoghurt. Zwischen den Plastikbechern ein zugeklappter Laptop. Über dem Schreibtisch hing ein muschelgerahmtes Foto, das die Meerjungfrau zusammen mit einer Frau zeigte, Arm in Arm. Die Frau war deutlich älter und sah der Toten ähnlich. Vielleicht ihre Mutter?

Das Überbringen der Todesnachricht hatten glücklicherweise Kollegen aus Schleswig-Holstein übernommen. Noch auf der Fahrt nach Spiekeroog hatten sie Mütze davon unterrichtet. Sie hatten die Mutter ins

Krankenhaus bringen lassen müssen, so geschockt hatte sie reagiert.

Mütze warf noch einen Blick in den Kühlschrank. Eine Palette weiterer Joghurtbecher stand dort und einige Flaschen Cola light. Mütze schüttelte sich. Auch Karl-Dieter trank das Zeug. Dann warfen sie einen Blick in das winzige Bad. Auch hier alles ganz gewöhnlich, nichts, was Verdacht erregte. Na, die Spusi würde sich der Sache gründlich annehmen. Vielleicht fand sich ja auf dem Laptop was. Irgendeine Internetbekanntschaft, ein Blind Date. Alle paar Wochen kam eine Frau ums Leben, weil sie sich völlig leichtsinnig mit jemand völlig Unbekanntem getroffen hatte. Nur: Wer würde sich bei diesem Wetter zu einem Rendezvous am einsamsten Strand der Insel treffen wollen?

»Ist gut, Ahsen, saubere Arbeit. Versiegeln Sie die Wohnung wieder. Wenn Sie mich nun noch zur Eisdiele führen würden?«

Obwohl das Wetter nicht danach war, hatte sich vor dem kleinen Eisladen eine Schlange gebildet. Hier im Ortskern war die Insel erstaunlich grün, Hortensien und Stockrosen blühten, und große, alte Bäume reckten ihre sturmerprobten Kronen in den grauen Himmel. Am stattlichsten aber war eine uralte Linde, die vor einem Hotel gleichen Namens stand, ein Stamm wie ein Fels, fest und knorrig, sich in viele Äste verzweigend, die über die ganze Fußgängerstraße reichten, bis hinüber zur Eisdiele. »Süßer Eisbär« hieß das

Ding. Drei junge Frauen in schwarzen T-Shirts waren damit beschäftigt, Waffeln zu backen und die gewünschten Kugeln aus den Plastikschalen zu kratzen. Der Duft der Waffeln war köstlich, satte Butter mit einem Hauch von weihnachtlichem Zimt. Mütze verabschiedete sich von Ahsen und stellte sich brav in die Schlange. Er wunderte sich ein bisschen, dass der Süße Eisbär nicht geschlossen hatte. Immerhin war doch eine Mitarbeiterin ermordet worden. Ob immer noch niemand etwas wusste? Ob keiner eine Ahnung davon hatte, was drüben im Hafen im Kühlhaus lag oder eben gerade jetzt in einer riesigen Apfelsinenkiste an Bord der »Spiekeroog II« schwebte? Ob Fidel Castro und Ahsen, dieser spargelige Inselpolizist, noch keinem etwas erzählt hatten? Nicht mal ihren Frauen? Und wenn sie's ihren Frauen erzählt hatten, konnte es sein, dass diese dicht gehalten hatten?

»Was bekommen Sie?«

Mütze war etwas überrumpelt, schon an der Reihe zu sein. Er entschied sich für eine Waffel mit drei Kugeln: Malaga, Snickers und Joghurt. Dann zeigte er der jungen Bedienung unauffällig seinen Dienstausweis.

»Wo können wir ungestört reden?«

Erschrocken bat sie ihn in einen rückwärtig gelegenen Raum, der offensichtlich als Spülküche diente. Die junge Frau schien tatsächlich keine Ahnung zu haben. Sie glaubte, Mütze sei jemand vom Zoll und wollte ihre Arbeitserlaubnis überprüfen. Sie hieß Mandy und kam wie ihre beiden Kolleginnen aus Osteuropa, aus Litauen, sprach aber wie die anderen auch erstaunlich gut Deutsch.

»Nein, ich komme nicht wegen Ihrer Papiere, ich komme wegen Ihrer Kollegin.«

»Welcher Kollegin?«

»Wegen Frau Söring.«

»Antje? Was ist mit ihr?«

»Wann haben Sie Frau Söring zuletzt gesehen?«

»Gestern Mittag, bei der Übergabe.«

»Ist Ihnen etwas aufgefallen?«

»Was soll mir aufgefallen sein?«

»War irgendetwas anders? Hat Frau Söring etwas erzählt?«

»Hat Antje was angestellt?«

»Frau Söring ist tot.«

Mütze hätte sich ohrfeigen können. Warum war ihm das rausgerutscht? Er hätte es nicht erzählen brauchen. Mandy war auf einen Schlag das ganze Blut versackt, dann begann sie zu schreien. Die beiden anderen Eisfrauen kamen erschrocken hinzugelaufen, und im Nu entstand die schönste Massenhysterie. Auch die übrigen Verkäuferinnen brachen in Weinkrämpfe aus und umarmten sich gegenseitig. Mütze merkte schwitzend, hier war für ihn nichts mehr zu holen, zudem tropfte es bereits aus seiner Waffel. Er würde später zurückkommen, jetzt erst mal zu Karl-Dieter und eine Kleinigkeit futtern. So ein Eis sättigte doch nicht.

Die Ferienwohnung war gleich um die Ecke. Mütze hörte Karl-Dieter fröhlich pfeifen, irgendeine italienische Opernarie. Hatte er sich tatsächlich schon mit der neuen Situation arrangiert? Mütze gab ihm einen Kuss auf die hingehaltene Wange und hob schnuppernd die Nase. Kein Zweifel, Karl-Dieter hatte bereits gekocht!

»Und du wirst nicht glauben, was es gibt!«, rief Karl-Dieter in bester Laune, »Kabeljau in Senfsauce an Möhrchengemüse.«

Kabeljau? Das war doch Fisch! Mütze verzog das Gesicht. Karl-Dieter wusste ganz genau, dass er keinen Fisch mochte.

»Das ist kein Fisch, das ist eine Delikatesse. Glaub mir, hier oben an der Nordsee schmeckt der Fisch ganz anders. Viel fischiger. Kannste nicht mit Tante Dörtes Backfisch vergleichen!«

»Fisch ist Fisch«, dachte Mütze, als er sich setzte und in seinem Essen zu stochern begann. Das Beste an dem Fisch war noch die Senfsauce, fand Mütze, verkniff sich aber jeden Kommentar. Er wusste, dass Karl-Dieter sehr empfindlich sein konnte, besonders, wenn es um seine Kochkünste ging. Früher hatte er eher einfache Sachen gebrutzelt, Currywurst mit Pommes, Bulette mit Kartoffelsalat, was Mütze ausgezeichnet geschmeckt hatte. Seit dem VHS-Kurs »Gesundheitsbewusstes Kochen«, gab's nur noch Gerichte, die Mütze als fades Zeug bezeichnete. Den Kurs hatte Karl-Dieter gemacht, um sein Gewicht zu reduzieren. Und weil Mütze ihm unvorsichtigerweise von seinem erhöhten Cholesterinwert erzählt hatte. Dabei gab es auch ein gutes Cholesterin, wie jedermann wusste. Aber das ließ Karl-Dieter nicht gelten. In ihrem Alter müsse man sein Essen mit Sorgfalt wählen. Mütze fischte sich vorsichtig noch etwas Soße aus dem Topf, während Karl-Dieter von Spiekeroog zu schwärmen anfing.

»Alles liegt hier so praktisch beisammen, der Fischladen, der Tante-Emma-Laden, die Bäckerei. Und die Dame im Fischladen ist ja so was von reizend. Sie hat mir gleich das Rezept mit dem Kabeljau verraten und für Seeteufel weiß sie eins, das sei so gut, darum würden sich sogar Michelin-Köche prügeln.«

»Haben die denn keine Metzgerei hier?«, entfuhr es Mütze nun doch.

Karl-Dieter sah ihn mit sanftem Tadel an.

»Fisch ist so was von gesund. Nahrhaft, abwechslungsreich und sehr proteinreich. Aber natürlich gibt es auch eine Metzgerei. Lass dich überraschen, übermorgen brat ich uns ein saftiges Steak vom Deichschaf. Wir sind doch übermorgen noch hier?«

Mütze war überrascht. War das Thema Teneriffa tatsächlich schon abgehakt? Karl-Dieter schien in bester Urlaubsstimmung, trotz des Wetters.

»Ach, das Wetter«, sagte Karl-Dieter, »weißt du was? Morgen kriegen wir hier das schönste Badewetter. Und einen Strandkorb hab ich auch schon für uns reservieren lassen, da muss man nämlich fix sein, sagt Gerda.«

»Gerda?«

»Na, die Fischverkäuferin!«

Karl-Dieter kam gut an bei den Frauen. Jedenfalls bei einer bestimmten Sorte Frauen. Bei den typischen Hausfrauen. Mit ihrer Nachbarin, Frau Hövelkamp, tauschte er regelmäßig Rezepttipps aus, die Bedienungen beim Aldi hatten immer ein nettes Wort für ihn, zudem war es Karl-Dieter als einzigem Mann gelungen, in den Dortmund-Hörder-Tupperzirkel aufgenommen zu werden. Alle vierzehn Tage machte er sich abends fein und verschwand für ein paar Stunden. Am nächsten Morgen standen dann die Neuerwerbungen wie Trophäen auf der Anrichte. Mütze war es schleierhaft, wofür man den Krempel benötigte. Was sollten sie mit Pfeffer- und Salzstreuern aus Plastik, wenn sie schon welche aus Porzellan besaßen? Und wozu brauchten sie die achte verschließbare Stullenbox? Längst aber hatte Mütze es aufgegeben, sich darüber aufzuregen. Erstens, weil Karl-Dieter immer ein Argument hatte, warum er das Zeug kaufen musste (sehr beliebt war: »Frau Löffelholz hat bei meiner Party schließlich sogar für fünfzig Euro eingekauft!«). Zweitens, weil Karl-Dieter das Geld von seinem Konto nahm und nicht vom Haushaltsgeld. Auf sein eigenes Konto würde er niemals verzichten, beeilte sich Karl-Dieter bei jeder Gelegenheit zu betonen. Jeder Mensch hat so seine Marotte, sagte sich Mütze, auch wenn er selbst natürlich völlig frei davon war. Glaubte er.

Nach dem Essen schlugen die beiden Dortmunder Jungen den Weg Richtung Strand ein. Gleich hinter dem

Kurzentrum und dem »Schwimmdock«, wie sich das Hallenbad nannte, ging es einen mit Klinkern gepflasterten Weg hinauf durch die Dünen. Die Sonne hatte sich durch die Wolken gekämpft und wies ihnen strahlend den Weg. In den grünen Dünentälern wuchsen gelbe Blumen, und an breiten Büschen hingen orangefarbene Beeren, so groß wie kleine Kirschen.

»Sanddorn«, sagte Karl-Dieter, »reich an Vitamin C. Hab uns schon ein Fläschchen Saft besorgt. Mix ich uns heute Abend einen Cocktail mit.«

»Mit 'nem Schuss Wodka bitte«, sagte Mütze.

Karl-Dieter tat so, als hätte er nichts gehört. Mütze würde gar nicht schmecken, dass der Cocktail keinen Alkohol enthielt, so gut würde er ihn zaubern!

»Was hast du denn herausgefunden?«

Nicht, dass Karl-Dieter das wirklich interessiert hätte. Am Anfang schon, da fand er jeden Fall ungeheuer spannend. Aber spätestens zwischen der zehnten und der zwanzigsten Leiche, also vor circa fünfzehn Jahren, war sein Interesse an der Kriminologie deutlich erlahmt. Jede Tupperparty war ein Event dagegen! Bis auf gelegentliche Einzelfälle – wie der Mord an dem Schalker Mittelstürmer, der in Dortmund vor einer Disco erstochen worden war. Mannomann, das war ein echter Thriller gewesen! Man hatte Mütze wie einen Helden gefeiert, zumal der Mörder kein BVB-Fan gewesen war, sondern jemand von der Wettmafia. Die Sache war ein Politikum gewesen. Bevor Mütze den Fall hatte klären können, hatten die Gelsenkirchener

Stadtwerke den Zugverkehr nach Dortmund lahmlegen wollen und das ewige Ruhrpottderby hatte unter Ausschluss der Öffentlichkeit stattfinden sollen, so hoch waren die Emotionen gekocht. Das Pikanteste an dem Fall aber war gewesen: Er, Karl-Dieter, hatte den entscheidenden Hinweis auf den Aufenthaltsort des Verdächtigen gegeben. Bei der Tupperparty bei Erna war ihm auf dem Balkon der Deckel der neuen Salatschüssel weggesprungen und in den Hof gerollt. Als er ihn wiederholen wollte, hatte er einen Mann entdeckt, der in einem Bretterverschlag hockte, den gesuchten Mörder!

Das wäre damals die Supergelegenheit für ihr Outing gewesen, er und Mütze auf der Titelseite der »Ruhr-Nachrichten« und der »Westfälischen Rundschau«, der Kommissar und sein Freund, Arm in Arm vom Volke gefeiert. Aber Mütze hatte sich gesträubt und nach tausend Ausflüchten gesucht. Die Gelegenheit war verpasst und kam nicht wieder. So wurde es ein Salami-Outing. Nach und nach sickerte ihre Liebesgeschichte durch, und nun wusste es in Dortmund im Grunde jeder. Das Tolle daran aber war: Keinen schien es mehr zu stören. Nur Mütze hatte lange Zeit noch so getan, als müsste er alles geheim halten. Der harte Bulle, der kein Schwuler sein wollte. Karl-Dieter seufzte. War nicht immer leicht mit ihm! Er wusste selbst nicht, warum er Mütze jetzt bat, von dem Fall zu erzählen. Vielleicht, weil er spürte, dass es Mütze guttun würde.

Mütze setzte seine Sonnenbrille auf: »Kann 'ne Zufallsbegegnung gewesen sein. Irgendein Perverser, der sich ein leichtes Opfer gesucht hat. Ist ja im Grunde auch der perfekte Plan, aus Sicht des Mörders natürlich. Braucht sich keine Sorgen machen, entdeckt zu werden, da draußen in der Sandwüste. Selbst wenn das Meer das Opfer wieder ausspuckt, wie geschehen. Keinen Zeugen gibt's, und wenn wir keine DNA-Spuren finden, heißt's Pustekuchen. Dann hilft uns nur noch Kollege Zufall.«

»Aber du hast doch gemeint, es gibt keine Anzeichen für eine Vergewaltigung«, sagte Karl-Dieter.

»Keine offensichtlichen«, erwiderte Mütze, »vielleicht hat er sie zum Oralsex gezwungen und danach erwürgt.«

»Diese brutalen Heteros«, schimpfte Karl-Dieter, »hat man je von einem Schwulen gehört, der eine Frau zu so was zwingt?«

»Eine Frau nicht.«

Karl-Dieter schluckte. Er wusste nur zu gut, dass es überall Gewalt gab, auch unter Homosexuellen. Aber doch nicht in dieser Häufigkeit.

»Und wenn es keine Vergewaltigung war?«

»Dann wird's wohl noch komplizierter. Bislang jedenfalls gibt's nicht den geringsten Hinweis auf eine Beziehungstat. Das Opfer scheint eine unkomplizierte, nette Frau gewesen zu sein, einen Freund hat's nicht gegeben und auch keinen, der's auf sie abgesehen haben könnte.«

Von der Kuppe der nächsten Düne aus bot sich ihnen ein grandioser Anblick. Die Flut hatte ihren Höchststand erreicht, und wie eine Armee schäumender Rösser berannten die Wellen den unglaublich weiten Strand. Karl-Dieter atmete tief durch. Wie schön, wie wunderbar schön! So ein Himmel, wo gab es den schon? Und diese Farben, eine Symphonie in Blau und sandigem Gelb! Unwillkürlich griff er nach Mützes Hand, die dieser aber rasch zurückzog. Karl-Dieter hatte verstanden. Klar, der Kommissar war im Dienst!

»Und wenn es ein Raubmord war?«

»Ein Raubmord an einer Nacktbadenden?«

Mütze blickte ihn mit nachsichtigem Lächeln an. Dieses Lächeln hasste Karl-Dieter wie die Pest. Rasch versuchte er, sich zu rechtfertigen.

»Das ist doch komisch, dass man außer der Kleidung nichts gefunden hat. Klar, zum Strandbaden nimmt man nicht unbedingt seinen Geldbeutel mit. Wohl aber sein Handy. Keine Frau in diesem Alter würde ohne ihr Handy auch nur einen Schritt vor die Tür setzen. Erstens, weil man ja eine höchstwichtige SMS verpassen kann, und zweitens wegen der Musik.«

»Wegen der Musik?«

»Mensch, Mütze, in welcher Zeit lebst du? Ein Handy ist heute auch eine Stereoanlage!«

Mütze wurde nachdenklich. Hatte Karl-Dieter Recht? Nein, ein Handy hatten sie nicht gefunden und auch in der Wohnung hatte keins rumgelegen. Jedenfalls nicht sichtbar. Und man steckte es schließlich nicht in eine Schublade. Vielleicht war es aber in irgendeiner Handtasche vergraben, überlegte Mütze. Nun, die Spusi würde es herausfinden. Bestimmt waren sie noch bei der Arbeit. Er würde das Ergebnis bald erfahren.

Mittwoch

Vom Schrei einer Möwe wurde Karl-Dieter geweckt. Oder von der Morgensonne, die so herrlich durch die grünen Zweige fiel? Wie spät war es denn? Er hatte wunderbar geschlafen. Der Sanddorncocktail hatte Mütze tatsächlich geschmeckt. Sogar ohne den geringsten Tropfen Alkohol! Dreimal hatte er nachmixen müssen, während sie Scrabble gespielt hatten. Im Urlaub spielten sie jeden Abend, sonst nur gelegentlich samstagabends, wenn sie beide und auch Marco und Amadé Zeit hatten. Amadé versuchte zwar manchmal, mit Mütze zu flirten, aber Karl-Dieter war sich sicher, dass Mütze nicht auf den Adonis stand, auch wenn der zehn Jahre jünger war und gerne wie zufällig seinen Waschbrettbauch präsentierte. Über solche Äußerlichkeiten waren sie zum Glück hinweg, was nicht hieß, dass sie sich gehen ließen. Im Gegenteil. Aber die Optik spielte nicht mehr die zentrale Rolle.

Ruhig und entspannt ratzte Mütze auf seinem Kissen. Weil er gestern nicht getrunken hatte, hatte er die Nacht nicht wie sonst geschnarcht. Es lag ganz klar am Bier, auch wenn Mütze das heftig bestritt und auf sein Rachenzäpfchen verwies. Dabei war mit Mützes Rachenzäpfchen alles in bester Ordnung! Wer sollte das besser wissen als er, dachte Karl-Dieter und kicherte fröhlich in sich hinein. Leise stand er auf und schlich sich in die kleine Küche. »Klein, aber mein«, dachte er sich vergnügt und begann, mit schnellen Griffen ein Frühstück zu zaubern. Mütze würde staunen. Sogar ein Spiegelei würde er ihm heute gönnen. Cholesterin hin, Cholesterin her, im Urlaub sollte man nicht alles so streng sehen. Doch kaum war Mütze mit seinem alten Morgenmantel an den Frühstückstisch geschlurft, klopfte es am Fenster. Ahsen.

Ahsen machte ein hochwichtiges Gesicht, als er eintrat. Den angebotenen Kaffee lehnte er ab. Er setzte sich auch nicht zu ihnen an den Tisch, sondern blieb im Zimmer stehen.

»Es gibt was Neues!«

»Raus damit«, sagte Mütze.

»Was Neues von der Spusi. Sie haben versucht, den Herrn Kommissar zu erreichen, aber das Handy des Herrn Kommissar ist tot.«

»Tot?« Mütze begann sogleich, nach seinem Telefon zu fingern, doch der Inselpolizist winkte ab.

»Das gibt es manchmal bei uns auf Spiekeroog, wir haben zwar viele Netze, aber auch viele Maschen.«

»Maschen?«

»Kleiner Witz«, stellte Ahsen klar und nahm gleich wieder korrekte Haltung an. »Die Spusi hat mir eine Telefonnummer hinterlassen, die ich hiermit dienstlicherseits weitergebe.«

Mit diesen Worten überreichte er Mütze einen Zettel und verabschiedete sich wieder.

Nun zückte Mütze doch sein Handy. Tatsächlich, tote Hose! Lächelnd reichte ihm Karl-Dieter das seine, ein ultraschickes iPhone der neuesten Generation. Mütze hielt seinem alten Siemensknochen die Treue, angeblich weil das Ding völlig ausreichend sei. Die Wahrheit war eine andere. Mütze gewöhnte sich nur höchst ungern an neue Sachen. Auch war er technisch nicht immer auf der Höhe, was er jedoch niemals zugeben würde. Zu dumm, dass er seine Brille verlegt hatte und nun Karl-Dieter bitten musste, für ihn die Nummer einzugeben.

Es meldete sich die Stimme von dem kleineren Ganzkörperkondom. Sie hatten tatsächlich kein Handy gefunden. Und auch sonst nur wenig Greifbares. Ein paar Fingerabdrücke, die nicht vom Opfer stammten, eine zweite Zahnbürste. Sonst nichts. Kein Tagebuch, keine persönlichen Aufzeichnungen. Aber vielleicht würden sie ja was auf dem Notebook entdecken, das sie mitgenommen hatten.

Kein Handy! Hatte Karl-Dieter Recht mit seinem Verdacht? Hatte man Antje Söring wegen eines schäbigen Handys erwürgt? Nicht auszuschließen, es waren schon wegen viel geringerer Beute Menschen ins Jenseits befördert worden. Wie letzten Herbst Oma Hinrichs auf dem Baroper Friedhof. Ganze sieben Euro hatte sie im Portemonnaie gehabt. Die Straßenkinder aus dem Ruhrpott, schoss es Mütze durch den Kopf. Das Internat am Windrad, das Muschelhaus. Die Jugendamtskinder! Vom Internat war es nicht weit bis zum Fundort der Leiche. Aber jetzt im August, war das Muschelhaus da nicht geschlossen? Wie waren die Ferienzeiten in Niedersachsen?

»Ne, ne«, schmatzte Karl-Dieter, dessen Schwester in Göttingen wohnte, »die armen Kleinen müssen hier schon wieder ran!«

Fidel Castro-Knutsen hatte die Leiche gegen sieben Uhr entdeckt. Wenn der Unterricht um acht Uhr begann, dürfte es für einen Schüler kein Problem gewesen sein, die Tat auszuführen. Auf der anderen Seite, warum sollte man eine Nacktbadende erwürgen, um an ihr Handy zu kommen? Man hätte es doch ganz leicht aus ihrem Kleiderstapel nehmen und damit verschwinden können. Dennoch, dieser Sache musste Mütze nachgehen. Am besten gleich heute Morgen. Und noch etwas musste er dringend erledigen.

Es dauerte etwas, bis die Krankenschwester Margarete Söring ans Patiententelefon geholt hatte. Sie hatte sich beim Stationsarzt rückversichern müssen, der hatte gnädig zugestimmt. Die Mutter der Meerjungfrau wirkte erstaunlich gefasst, die erste Schockreaktion schien überwunden. Nein, sie habe keinerlei Verdacht, nein, auch in letzter Zeit habe sie an Antje keine Veränderung bemerkt, nicht die geringste, sie hätten jeden Sonntag miteinander telefoniert, nein, nur das Übliche, nein, nichts über neue Bekanntschaften, doch doch, das hätte sie bestimmt erzählt, wenn sie jemanden kennengelernt hätte, zuletzt habe sie ihre Tochter im März gesehen, vor Beginn der Saison, ja doch, die Handynummer habe sie natürlich, sie wisse sie sogar auswendig, bitte sehr, gerne, hoffentlich würden sie den Kerl schnell fangen, dieses Schwein, das ihr die Tochter genommen hätte, diesen hundsgemeinen Verbrecher!

»Mein Gott, bist du naiv, Mütze«, sagte Karl-Dieter, als Mütze ihn Antje Sörings Handynummer eingeben ließ, »glaubst du, dass der Mörder rangeht und erschrocken ausruft: Mein Gott, Herr Kommissar, wie haben Sie mich nur gefunden?«

»Sei still, gib rüber!«

»Und?«, fragte Karl-Dieter nach einer Weile.

»The person you are calling is not available at present.«

»Sag ich doch, abgeschaltet.«

»Wähl bitte folgende Nummer ...«

»Das wird aber langsam teuer, ich hab keine Flat.«

»Mach schon, geht alles auf Spesen.«

Das mit den Spesen kannte Karl-Dieter. Bis man sein Geld wiederbekam, konnte es Monate dauern. Die Dortmunder Polizeiverwaltung ließ sich alle Zeit der Welt.

Mütze stand auf und lief in dem kleinen Zimmer auf und ab. Diesmal kam er tatsächlich durch. Susi ging gleich dran. Susi war wohl die einzige Frau, die Mütze hätte gefährlich werden können, obwohl er stockschwul war. Susi hatte einen sexy Hintern und Beine wie Raketen. Aye, aye, Sir, sagte Susi. Jawohl, sie sei doch nicht von Dummsdorf, klaro, sie habe alles verstanden und werde sich sobald wie möglich melden. Auf Karl-Dieters Handy natürlich. Dann machte sie noch eine leicht zweideutige Bemerkung, die Karl-Dieter zwar nicht hören konnte, aber er schloss das aus Mützes Reaktion. Mütze nahm es ihr nicht krumm, Susi konnte er nichts übel nehmen. Allein schon wegen ihres Hinterns nicht.

Die Leitung des Muschelhauses hatte eine Frau. Sara Roggenkorn. Sah gar nicht aus wie ein Fräulein Lehrerin, fand Mütze. Elegante Erscheinung, schick gekleidet, modische Kurzhaarfrisur. Sara Roggenkorn reagierte völlig entsetzt, als Mütze sie über den Hintergrund seines Besuches aufklärte. So was gäbe es doch nicht, nicht bei ihnen auf Spiekeroog! Das sei der friedlichste Fleck der Welt. Und dann die nette Eisverkäuferin, natürlich kenne sie die Kleine, auf Spiekeroog ...

»... kennt jeder jeden«, ergänzte Mütze. »Sie können davon ausgehen, dass ich mir die Tote nicht einbilde.«

»Natürlich nicht«, beeilte sich Sara Roggenkorn zu erwidern, »es ist nur so unwirklich, so völlig unfassbar.«

Wie die Tote denn ums Leben gekommen sei? Mütze antwortete ausweichend. Sprach von Gewalteinwirkung, letztlich aber sei noch nichts wirklich geklärt. Nein, er verdächtige niemanden, auch nicht aus dem Muschelhaus, Gott bewahre!

»Ich komme, weil Ihr Haus in der Nähe des Leichenfundorts liegt. Vielleicht ist ja jemandem was aufgefallen, eine Person, die sich hier rumgetrieben hat, oder jemand, der in Eile davongelaufen ist. Zeitpunkt gestern Morgen, vor sieben Uhr. Aber möglicherweise auch kurz danach auf der Flucht. Vielleicht auch ein Radfahrer, ganz egal, jede Beobachtung kann wertvoll sein.«

Sara Roggenkorn versprach, sich umzuhören, und Mütze dankte ihr. Und, ach ja, er habe gehört, dass auch problematische Jugendliche das Muschelhaus besuchen würden.

»Wer hat Ihnen denn das erzählt?«, wurde die Internatsleiterin auf einmal barsch.

»Bitte beantworten Sie meine Frage!«, erwiderte Mütze.

»Problematische Jugendliche, eine solche Formulierung ist uns fremd.«

»Dann will ich's gerne anders formulieren: Unter Ihren Schülern sind einige auf – wollen wir es Empfehlung nennen? – des Jugendamtes hier.«

»Ja, leider kommt das in unserer Gesellschaft vor«, sagte Sara Roggenkorn mit scharfer Stimme, »leider gibt es Kinder, die nicht auf der Sonnenseite des Lebens aufwachsen. Leider nimmt unsere Gesellschaft nicht immer Rücksicht auf die Schwachen, auf die Außenseiter. Problematisch sind nicht die Kinder, problematisch ist unsere Gesellschaft!«

»Hören Sie«, sagte Mütze etwas genervt, »ich bin kein Soziologe. Ich ermittle in einem Mordfall. Ich frage Sie ganz direkt: Gibt es bei Ihnen Schüler, die bereits mit dem Gesetz in Konflikt gekommen sind?«

»Mit dem Gesetz in Konflikt? Oh ja!«, lachte die Internatsleiterin. »Was wollen Sie hören? Die Geschichte eines Schülers, der ständig klauen gegangen ist, weil sich seine Eltern nicht um ihn gekümmert haben? Oder die Geschichte eines anderen, der seine Depressionen mit Marihuana zu bekämpfen versucht hat und zum kleinen Dealer wurde? Oder die Geschichte des Jungen, der seine Schule anzünden wollte, weil man ihn dort nur ausgelacht hatte? Suchen Sie sich eine Geschichte aus!«

»Ich bin nicht hier, um mir etwas auszusuchen.« Mütze war nun ehrlich sauer. »Stellen Sie mir bitte eine Liste der Schüler zusammen, die Ihnen das Jugendamt geschickt hat und geben Sie sie heute noch in der Wohnung Nachtigall ab. Mit den Geburtsdaten, bitte. Hier meine Telefonnummer, falls Ihnen später was kommt. Und herzlichen Dank für Ihre freundliche Mitarbeit!«

Mütze war froh, sich wieder auf sein Fahrrad schwingen zu können. Einmal mehr dankte er still seinem Schöpfer, dass er schwul war. Am Ende hätte er sonst noch eine Frau wie diese Roggenkorn abgekriegt. Was für ein schauderhafter Gedanke! Dann doch noch lieber Karl-Dieters Marotten ertragen. Natürlich gab es Kinder, die es schwer hatten, wem sagte sie das? Natürlich hatten viele ihr Päcklein zu tragen. Aber hier ging es verdammt noch mal um einen Mord! Und Mützes Aufgabe war es, den Mord aufzuklären, und er würde diesen Mord aufklären, das schwor er sich. Seine Quote war nicht schlecht. Achtzig Prozent hat er bisher erwischen können. Die restlichen zwanzig leider nicht. Daran würde sich Mütze nicht gewöhnen können, niemals!

Eigentlich hatte er gleich wieder ins Dorf zurückradeln wollen, doch dann entschloss sich Mütze anders. Zehn Minuten später stand er wieder auf der Düne, von der aus Fidel Castro die Leiche entdeckt hatte. Karl-Dieter hatte Recht gehabt mit seiner Prognose: Der Himmel war heute blau wie ein Swimmingpool, und eine kräftige Brise pfiff einem ins Gesicht. Mütze ließ seinen Blick schweifen. Von wo war der Mörder nur gekommen? Ob er sein Opfer heimlich beobachtet hatte und der Meerjungfrau dann bis hierher gefolgt war? Vielleicht war es ein Spanner. Antje Söring hatte ihn entdeckt und zur Rede gestellt, und er hatte die Nerven verloren. Wenn sie regelmäßig hier badete, war die Wahrscheinlichkeit groß, dass sie es mit einem solchen Typen zu tun hatten. Was sagten die Leute doch immer? »Auf Spiekeroog kennt jeder jeden.«

Mütze wollte schon umkehren, als ihm eines dieser Segel im Westen auffiel. Wie hießen sie noch, diese Dinger? Kiter, hatte Fidel Castro sie genannt. Dieses Segel aber war anders, dieses Segel kam immer näher, in einer rasenden Geschwindigkeit, wurde größer und größer. Dann sah Mütze, dass an dem Segel ein Schlitten hing, ein niedriger Wagen auf drei schwarzen Rädern, auf dem jemand lag. Als er sich jedoch bis auf wenige Hundert Meter genähert hatte, riss er plötzlich an den Leinen, der Drachen machte eine Wendung zur anderen Seite und mit rasender Fahrt ging's wieder zurück.

Mütze lief die Düne hinab, dem Schlitten hinterher. Wollte er ihn einholen? Unmöglich, das Ding hatte bestimmt über sechzig Sachen drauf. Nein, Mütze hatte sich die Stelle am Strand gemerkt, wo es gewendet worden war. Als er sie erreicht hatte, kniete er nieder. In dem Sandboden betrachtete er das Profil der Reifen. Es hatte sich nicht sehr tief eingedrückt, war aber doch deutlich erkennbar.

Auf dem Weg zurück zum Dorf musste er eine wahre Prozession kreuzen. Väter, die hochbepackte Bollerwagen hinter sich herzogen, Bretterwagen, aus denen bunte Schüppen herausragten, Kinder aller Kleidergrößen, Mütter in Shorts und Trägershirts, teils mit Säuglingen auf dem Rücken, ältere Herrschaften mit Sandalen und Strohhüten, Jungens, die ihren Ball vor sich hertickten oder verheißungsvoll mit dem Kescher wedelten, Mädchen auf Zwei- und Einrädern, Jugendliche, die seltsam dicke Seesäcke über die Schulter geworfen hatten, alles drängte und schob sich erwartungsfroh nur in eine Richtung, in Richtung Strand, wohin die Sonne lockte. Dass dort erst gestern ein Mensch ermordet worden war, schien keiner zu wissen. Oder keinen groß zu stören. Eine Beobachtung, die Mütze schon oft gemacht hatte. Die Leute zuckten mit den Achseln, das Leben ging weiter. Und das war vielleicht auch gut so.

Aus einem Bollerwagen lachte ihn ein kleiner Knirps an, dem kaum die ersten Zähne gewachsen waren. Mütze war dankbar, dass Karl-Dieter das nicht sehen konnte. In letzter Zeit fing der wieder häufiger mit diesem – wie Mütze es insgeheim nannte – Adoptionsunfug an. Was sollten sie denn mit einem Kind? Erstens waren sie doch mittlerweile zu alt dafür und zweitens beide voll berufstätig. »Ich kann kürzertreten«, hatte Karl-Dieter darauf erwidert, »und außerdem gibt es heute Kinderkrippen!« Ein Kind zu adoptieren, um es dann in die Krippe zu stecken? Das fand Mütze bizarr. Und außerdem würden sie kein Adoptivkind bekommen. Das war für Schwulenpaare äußerst kompliziert. Nein, nein, allerhöchstens eine Katze! Auf mehr würde Mütze sich nicht einlassen.

Als er durch den Ort radelte, wurde er von einem Rentner darüber belehrt, dass er hier abzusteigen habe. Das hier sei die Fußgängerzone. Achselzuckend befolgte Mütze den Hinweis. Deutsche belehren halt gerne. Überall duftete es bereits verführerisch nach Essen. In den kleinen, hübschen Gärten der Restaurants saßen schon die Leute und ließen es sich schmecken. Um eine Bank am Straßenrand hatte sich eine Runde pubertierender Jungen versammelt, um dort Currywurst mit Pommes von einem Stand in der Nähe zu verzehren. Fast hätte Mütze angehalten und sich auch eine Portion gegönnt. Aber dann würde er Ärger mit Karl-

Dieter bekommen. Was sollte es heute noch geben? Seewolf? Seehund? Seeigel?

Die Ferienwohnung war leer. Nichts von Karl-Dieter zu sehen. Aber ist das nicht grad eben seine Stimme gewesen? Mütze ging zum rückwärtigen Fenster und schaute hinaus. Tatsächlich! Im sonnigen Hof eines Cafés saß Karl-Dieter mit drei älteren Frauen, alle mit den gleichen grauvioletten Haaren. Er schien sich prächtig zu unterhalten. Die vier lachten um die Wette. Auf dem Tisch standen vier schon ziemlich geleerte Gläser mit einem orangefarbenen Getränk. Das war kein Sanddorn, das war Aperol Spritz! »Karl-Dieter!«, entfuhr es Mütze. Du und der böse Alkohol? Schon wollte er die Gardine wieder zurückgleiten lassen, da entdeckte Karl-Dieter ihn.

»Mensch, Mütze, komm doch mal rüber!«

Mütze machte eine abwehrende Handbewegung, aber Karl-Dieter ließ keine Ausflüchte gelten, und so fügte sich Mütze seufzend in sein Schicksal.

»Darf ich dir das ABC-Geschwader vorstellen?«, sagte Karl-Dieter, als Mütze um die Ecke bog, und fügte – Mützes verständnislosen Blick bemerkend – schnell hinzu: »Agathe, Bertha und Cecilia!«

Die drei Damen waren wirklich bezaubernd. Es schien, als würden sie Karl-Dieter schon seit ewigen Zeiten kennen. Und nun seien sie froh, wirklich froh, auch die Bekanntschaft seines Freundes zu machen. Ja, sie wüssten bereits über alles Bescheid, sagten sie, zwinkerten konspirativ und senkten die Stimmen. Sie wüssten schon, der Herr Kommissar sei dienstlich hier! Ob er den bösen Mörder denn bereits gefangen habe?

Mütze musste sie enttäuschen.

»Na ja, macht ja nichts, jedenfalls ist es sehr beruhigend, einen echten Kommissar hier zu haben«, sagte das ABC-Geschwader und prostete ihm zu.

»Weißt du, wo die drei Damen her sind?«, fragte Karl-Dieter und gab die Antwort gleich selbst: »Aus Bottrop!«

»Na, da ist der Ruhrpott ja fast komplett«, dachte sich Mütze und schwach mit den Schultern zuckend ließ er sich gleichfalls zu einem Aperol Spritz einladen, obwohl ihm ein gepflegtes Pils deutlich lieber gewesen wäre.

»Was heißt Wanne-Eickel auf Lateinisch?«, fragte das ABC-Geschwader, wartete aber ebenfalls Mützes Antwort nicht ab, sondern posaunte: »Castrop-Rauxel!«

Die Stimmung hätte nicht besser sein können. Mütze sog das süße Zeug so schnell, wie es nur ging, mit seinem Strohhalm auf und verabschiedete sich wieder. Es sei ganz reizend gewesen, die Bekanntschaft der Damen gemacht zu haben, aber sie würden sicher verstehen ...

Die Damen verstanden. Dienst ist Dienst, und Schnaps ist Schnaps! Viel Erfolg auf der Mörderjagd wünschten sie ihm noch, während sich ihre Stimmen wieder verschwörerisch senkten. Nein, nein, es mache überhaupt nichts, wenn sie den Seeteufel auf den Abend verschöben, antwortete Mütze auf Karl-Dieters Frage, nein, wirklich nicht! Er solle sich ruhig noch etwas um die charmanten Damen kümmern!

»Danke«, sagte Karl-Dieter und formte seinen Mund zu einem Abschiedskuss, was Mütze aber ignorierte. Ein Anruf sei noch gekommen. Ja, auf seinem, also auf Mützes Handy. »Offensichtlich tut es das Netz wieder. Die Rechtsmedizin hat sich gemeldet. Ich habe alles genau notiert, liegt auf deinem Nachtkästchen.«

»Ach, wie aufregend«, riefen die Damen, und Mütze war sich nicht sicher, ob sie die Rechtsmedizin oder sein Nachtkästchen meinten.

Auf dem Zettel stand nicht viel. Jedenfalls nicht viel Neues. Todesursache: Gewalteinwirkung gegen den Hals. Tod durch Ertrinken ausgeschlossen. Kein Wasser in der Lunge. Todeszeitpunkt: Irgendwann gestern in der Früh. Möglicherweise Spuren menschlicher DNA unter den Fingernägeln der rechten Hand, aber kein Blut. Mageninhalt: Joghurt mit Schokostückchen in Colasoße. Außer den Würgemalen keine weiteren Verletzungszeichen. Insbesondere keine Hinweise auf eine Vergewaltigung.

Mütze ließ den Zettel sinken. Was hatte er erwartet? Dennoch war er enttäuscht. Nicht den kleinsten zusätzlichen Hinweis. Bis auf die fraglichen DNA-Spuren unter den Fingernägeln. Aber darauf setzte er kaum Hoffnungen. Falls es wirklich zum Kampf gekommen war, hatte das Bad im rauen Meerwasser sicher die wertvollsten Spuren beseitigt. Und selbst wenn es der Rechtsmedizin gelang, genetisches Material vom Täter zu bekommen, wenn dieser nicht in einer Datei registriert war, half ihnen das wenig. Sie hatten ja keinerlei Verdächtigen, von wem sollten sie Genproben fordern? Von den Jungen aus dem Muschelhaus? Womit sollte er das begründen?

Mütze spürte, wie der Hunger in ihm wuchs. Er tauschte noch schnell die Handys, seins tat es ja jetzt wie durch ein Wunder wieder, dann verließ er die Wohnung und setzte sich ins »Käptenshaus« ums Eck, eine traditionell wirkende Gaststätte, weißgekalkt und urgemütlich, wo er sich im Garten eine Currywurst mit Pommes bestellte. Und ein anständiges Pils zum Runterspülen. Das war der Vorteil auf Spiekeroog. Weil man ohnehin kein Auto fahren durfte, musste man es mit dem Alkohol nicht so genau nehmen. Dass Karl-Dieter allerdings schon in der Früh einen Schoppen nahm, verwunderte Mütze doch. So wie vom Fleisch verabschiedete sich Karl-Dieter auch immer mehr von den Freuden Bacchus'. Mütze kämpfte den Gedanken nieder, dass seine Ermittlungen ohne Karl-Dieter an der Seite viel leichter laufen würden. Dann wäre er freier, unabhängiger. Berufliches und Persönliches sollte man nicht mischen. Aber hier lag der Fall doch anders. Eigentlich wären sie ja jetzt zusammen auf Teneriffa, eigentlich war dies die Zeit der Zweisamkeit. Wenn er ohne Karl-Dieter mitzunehmen, nach Spiekeroog gereist wäre, hätte es eine ernste Krise gegeben. Nein, dachte Mütze während er seine Sonnenbrille wieder aufsetzte, es war doch alles gut so. Er brauchte Karl-Dieters Nähe mehr als irgendwas anderes auf der Welt. Was er natürlich niemals zugegeben hätte.

Als man ihm das Pils hinstellte, ertönte von hinten eine vertraute Stimme: »Ach, hier sind Sie, Herr Kommissar!« Ahsen. Ungefragt nahm er neben Mütze Platz. »Lassen Sie es sich nur schmecken«, sagte er und legte seinen Schirmhut neben den Teller auf den Tisch.

»Schön Sie zu sehen«, sagte Mütze, »gibt's was Neues?«

»Das hier.« Ahsen reichte ihm ein Blatt Papier.

Ein Fax von der Rechtsmedizin aus Bremen. Mütze überflog es rasch. Nichts, was er nicht schon erfahren hätte.

»Wer segelt hier mit so einer Art Seifenkiste den Strand lang?«, fragte Mütze.

»Da gibt es nur einen, der das bei dem Wind beherrscht: Harry the Hawk!«

Harry the Hawk wohnte im äußersten Westen der Insel. Ahsen fuhr Mütze mit seinem Elektroauto dorthin. Dabei überholten sie ein seltsames Gefährt, einen Eisenbahnwaggon auf Schienen, der von zwei Pferden gezogen wurde.

»Unsere Museumseisenbahn. Die einzige in Deutschland, die noch mit Pferden betrieben wird. Die Fahrt dauert zwölf Minuten, zurück kann man durch die

Dünen wandern oder am Strand entlang. Fußlahme lassen sich auch einfach wieder zurückziehen.«

Wirklich ein idyllisches Fleckchen, dieses Spiekeroog. Und tatsächlich spürte auch Mütze, bei dem immer alles zack, zack gehen musste, wie sich die Gemächlichkeit der Insel auf ihn zu übertragen begann. Oder lag das nur an dem Pilsken eben? Oder an dem einschläfernden Surren des Elektromotors? Ob er es noch erleben würde, dass man auch in Dortmund nur surrend unterwegs sein wird? Schwer vorstellbar. Stinkende und knatternde Autos gehören zu Dortmund wie die Borussia. Obwohl, vom Bergbau und den Stahlwerken hätte man auch nie geglaubt, dass sie mal verschwinden würden. Damit hatte man in Dortmund Tabula rasa gemacht. Und leider ebenso mit den Brauereien. Sieben Stück hatte es mal gegeben, nun gibt es nur noch eine. Und wie es mit dem Bergbau, den Stahlwerken und den Brauereien gegangen war, so würde es wohl auch eines Tages den qualmenden Blechkisten ergehen. The Times They Are A-Changin'.

»Muss ein ruhiger Job hier auf der Insel sein«, sagte Mütze.

»Meistens schon«, grinste Ahsen »lauter friedliche Leute, die zu uns kommen. Wenn das Niedersachsenticket wieder abgeschafft wird, wird es noch ruhiger.«

»Das Niedersachsenticket?«

»Beschert uns alle paar Wochen eine Riesenhorde Jugendlicher auf der Insel. Facebook macht's möglich. Irgendeiner stellt es auf seine Seite: Wie wär's mit 'ner

Party auf Spiekeroog? Darauf reisen Hunderte für billiges Geld aus den Städten hierher, um übers Wochenende wilde Strandpartys zu feiern.«

»Strandpartys? Klingt harmlos.«

»Harmlos? Dröhnt sich mit Drogen zu, die Partyjugend. Schmuggeln das Zeug irgendwie mit sich. Haben sie aber schon auf der Fähre gefilzt, nichts gefunden.«

»Wie kommt es sonst auf die Insel?«

»Keine Ahnung, finden es schon noch raus.«

Sie schaukelten am Haus des Küstenschutzes vorbei. Fidel Castro schien nicht daheim zu sein, jedenfalls parkte sein E-Mobil nicht vor der Tür. Oder hatte sich da gerade die Gardine bewegt, dachte Mütze, als der Weg sie bereits an Sportplätzen und einem Schullandheim vorüberführte. Dann folgte er der scharfen Kurve, die alle ostfriesischen Inseln im Westen machen, der Zeltplatz kam in Sicht.

»Wer ist dieser Harry?«

»Engländer angeblich. Lebt aber schon ewig auf Spiekeroog. Nur im Winter verschwindet er, keiner weiß wohin.«

Sie hatten Pech. Harry the Hawk war noch mit seinem Strandflitzer unterwegs, erzählte ihnen sein Zeltnachbar, ein älterer Herr, der gerade seinen Grill aufbaute. Nein, es sei völlig unklar, wann Harry zurückkäme. Obwohl, heute sei das Wetter mies, da würde er vielleicht schon früher sein Segel streichen.

»Mies? Das Wetter mies? Das Wetter ist doch wunderbar«, meinte Mütze.

Der Griller lachte. »Nicht für Harry! Stürmisches Wetter und etwas Regen, das ist sein Optimum. Dann ist der Strand leergefegt und der Sand fest wie Beton.«

»Wann kommt dieser Harry zurück?«

»Bald schon. Die Flut steigt und steigt, der Platz für seine Wendemanöver wird langsam eng.«

»Wo war Harry gestern Morgen?«

»Gestern Morgen? Warten Sie mal ..., gestern Morgen hat es gestürmt und geregnet, da war er sicher draußen. Ich kann es nicht genau sagen, weil ich mich noch mal umgedreht habe. Soll ich Harry was ausrichten?«

»Er soll morgen um acht auf die Polizeistation kommen. Routinebefragung.«

»Hat doch nichts mit diesem scheußlichen Mord zu tun?«

»Mord? Wovon sprechen Sie?«

»Ach, kommen Sie, das schreien in Spiekeroog doch schon die Möwen von den Dächern, der Mord an dem Eismädchen natürlich!«

Ahsen lud Mütze noch zu einem Bierchen ein. Aus schlechtem Gewissen, weil sich alles so schnell rumgesprochen habe. Dabei habe er eisern den Mund gehalten. Selbst seiner Frau habe er nichts erzählt, was ihm diese übel genommen habe, weil sie es völlig ahnungslos von der Inselbäckerin erfahren musste. Als Ehefrau des Inselpolizisten!

Mütze winkte ab. »Lassen Sie's gut sein, Ahsen! Ein Mord lässt sich nicht verheimlichen. Das mit dem Bierchen ist doch eine gute Idee.«

In der Nähe des Zeltplatzes gab es einen Discoschuppen, »Laramie«, mit angeschlossenem Lokal. Zwei junge Burschen machten gerade auf. Das Bier gab es aus der Flasche, wie das Land, so das ...

»Prost Ahsen!«

»Prost, Herr Kommissar!«

Ahsen war schon seit vielen Jahren Inselpolizist. Nie hatte es ein größeres Verbrechen gegeben. Selbst Diebstähle kamen kaum vor. Hin und wieder ein entwendeter Bollerwagen, den man dann kurze Zeit später in den Dünen fand nebst einem Dutzend leerer Bierdosen. Nein, Spiekeroog war der Frieden selbst.

»Einmal ist ein Lehrer zu Tode gekommen«, erzählte Ahsen. »Mit seiner Schulklasse, lauter Drittklässlern, ist er raus zum Ostteil der Insel. Sie sind auf einer Sandbank gewesen, als die Flut sie überrascht hat. Ein Kind nach dem anderen hat der Lehrer durch den reißenden Priel zum sicheren Strand hinübergetragen. Zuletzt ist ihm das Wasser schon bis zum Hals gestanden. Dennoch hat er auch das letzte Mädchen noch geholt. Als er zurückgewankt ist, ist er zusammengebrochen. Tot. Ein Drama war das!«

»Glaub ich«, brummte Mütze und setzte sich die Flasche an den Hals.

»Ja, das Gefährlichste hier ist die See. So schön sie ist, man darf sie niemals unterschätzen. Sie ist unberechenbar. Unberechenbar wie die Seenebel, die sich plötzlich bilden. Dann ist jede Orientierung dahin. Noch 'ne Geschichte? Auf einer Nachbarinsel ist einmal ein Vater, der im flachen Wasser mit seinem Sohn spazieren gegangen ist, vom Nebel überrascht worden. Das Wasser ist gestiegen und gestiegen, und sie haben den Weg nicht zurückgefunden. Der Vater hat den Kleinen auf die Schultern genommen und verzweifelt mit dem Handy telefoniert. Selbst die Küstenwache hat ihm nicht die richtige Richtung weisen können. Am nächsten Tag hat man die beiden im Meer gefunden. Ertrunken.«

»Scheußlich!« Mütze nahm erneut einen Schluck aus der Pulle. Er wusste schon, warum er keine Kinder wollte. Wegen der Emotionalität. Und der Verantwortung. Man machte sich nur abhängig und ständig machte man was falsch. Nein, allerhöchstens zu einer Katze würde er sich überreden lassen!

Von dem Dünengärtchen aus sah man über die Salzwiesen zum Wattenmeer. Eine erste Fähre kämpfte sich die noch wenig gefüllte Fahrrinne entlang.

»Sagen Sie, Ahsen, gibt es eigentlich nur die Fähre, um die Insel zu verlassen?«

Ahsen kniff die Augen zusammen. »Im Prinzip nur die Fähre. Das heißt, Herr Rau kam meist mit dem Hubschrauber.«

»Rau, der Bundespräsident?«

»Genau. War ein Nordsee-Fan. Machte jedes Jahr Urlaub hier.«

»Einen Flugplatz gibt's hier keinen?«

»Ne, nur drüben auf Wangerooge. Manche kommen natürlich auch mit einem Segelboot. Oder mit der Zicke.«

»Mit der Zicke?«

»Ein kleines Schnellboot ohne Tiefgang. Mit ihr kommt man auch bei Niedrigwasser rüber zum Festland. Nutzen Berufspendler, die nicht auf die Fähre warten können.«

»Welchen Weg gibt es noch?«

»Zu Fuß.«

»Zu Fuß?«

»Bei Ebbe über das Watt. Aber das würde ich niemandem ohne Führer empfehlen.«

»Warum?«

»Zu gefährlich! Alles voller Priele und sumpfigem Schlick. Wer sich nicht hundertprozentig auskennt, wird zum Futter für die Wattwürmer.«

»Olé, BVB ...« Mützes Handy! Nach dem gewonnenen Double hatte er seine Wette einlösen müssen und für ein Jahr diesen speziellen Klingelton programmiert. Karl-Dieter war dran. Er wollte nur das Netz prüfen und fragen, wann sie denn essen könnten. Für den Seeteufel bräuchte er sicher zwei Stunden. Das Rezept von Gerda sei sehr aufwendig. Würde er genügend Zeit haben? – Ja sicher, eher komme Mütze nicht zurück. – Außerdem habe er dem ABC-Geschwader versprochen, Bescheid zu geben, ob sie beide nicht Lust hätten, morgen einen gemeinsamen Ausflug zu machen. Zu den Seehundbänken. Würde nicht lange dauern, wirklich nicht, nur anderthalb Stunden und sei bestimmt sehr schön.

Mütze schnaufte.

»Aber wirklich nur anderthalb Stunden! Und nur, wenn nichts Wichtiges dazwischenkommt.«

»Natürlich, natürlich, nichts Wichtiges, natürlich!«

Glücklich verabschiedete sich Karl-Dieter.

Kaum hatten sich die beiden Gesetzeshüter noch ein weiteres grünes Fläschchen aufgehebelt, da stimmte Mützes Mobiltelefon erneut den BVB-Schlachtgesang an. Susi. Leider nichts Erfreuliches. Es sei nicht gelungen, das Handy des Opfers zu orten. Die Liste der zuletzt geführten Telefonate und verschickten SMS habe man bei der Telefongesellschaft erbeten. Ob man alle Kontakte überprüfen solle? Sie würde das umgehend erledigen.

»Du bist ein Schatz, Susi!« Mütze sandte ihr einen schmatzenden Kuss durch den Äther.

»Susi?«, fragte Ahsen verblüfft. »Ich hab gedacht, Sie seien homosexuell?«

»Sie kennen Susis Hintern nicht!« Lachend stieß Mütze mit seinem Kollegen an.

Es war dann noch das ein oder andere Bierchen hinzugekommen, als Mütze zur vereinbarten Stunde nach Hause wankte. Seine Stimmung war ziemlich im Keller.

Was hatte der Tag schon an Erkenntnissen gebracht? Höchstwahrscheinlich war der Mörder schon längst drüben auf dem Festland und geilte sich jetzt an seiner scheußlichen Tat auf. Oder erfreute sich an seinem neuen Handy. Die SIM-Karte hatte er fröhlich den Fischen zum Fraß vorgeworfen und sich für ein paar Euro eine neue besorgt. Was kam es schon auf das Leben einer kleinen Eisverkäuferin an? Die war doch schnell zu ersetzen. Die Fähren fuhren weiter nach Plan, Flut und Ebbe kamen und gingen, die Gartenlokale waren voller fröhlicher Menschen. Nur eine Mutter in Holstein weinte sich die Augen aus und drei blasse Eisverkäuferinnen im Süßen Eisbären. Aber auch diese Tränen würden trocknen. Wenn nicht heute, dann morgen.

Als Mütze die Ferienwohnung betrat, kam Karl-Dieter gerade mit einer dampfenden Pfanne aus der Küche gebogen. Unter der geblümten Schürze schaute eine schwarze Nylonstrumpfhose hervor.

»Nicht schon wieder diese Strumpfhose, Karl-Dieter!«, murrte Mütze und rümpfte die Nase. »Du hast mir doch hoch und heilig versprochen, sie nicht mehr zu tragen!«

»Ich weiß nicht, was du willst«, antwortete Karl-Dieter beleidigt, »ist doch nur, weil sie so bequem ist!«

»Zieh dich bitte um!«

»Ist ja gut. Mensch, bist du heut drauf!«

Zum Seeteufel gab es eine gute Flasche Wein. Weil man ja auf Urlaub sei, sagte Karl-Dieter, und weil der junge Verkäufer von »Käse und Wein« so ein netter Kerl sei und so ein gepflegter Mann. Überhaupt seien diese Insulaner so reizende Leute. Von wegen dumme Ostfriesen! Alle hätten die Ruhe weg und immer Zeit für ein kleines Pläuschken. Natürlich sei der Mord das Gesprächsthema Numero eins, aber alle hätten das vollste Vertrauen zu ihnen. Naja, zu Mütze natürlich, aber irgendwie würde jeder glauben, er gehöre mit zum Ermittlungsteam, auch wenn er das natürlich immer sofort heftig bestreite. Wirklich, nur nette Menschen hier. Und erst das ABC-Geschwader! Alte Schulfreundinnen, die seit zwanzig Jahren gemeinsam auf Spiekeroog Urlaub machen würden. Sehr aufgeschlossene Damen, keinerlei Vorurteile. Da könnte sich manch junger Mensch eine Scheibe von abschneiden! Sogar das Rezept für die Sanddorntorte habe er ihnen abluchsen können.

Der Seeteufel schmeckte so, wie es sein Name versprach, fand Mütze, sagte aber nichts. Das Grausigste an dem Essen aber waren die kleinen dunkelgrünen Kügelchen, die Karl-Dieter als Kapern lobte. Unauffällig ließ sie Mütze unter einer Kartoffelschale verschwinden. Karl-Dieter wollte gerade den Nachtisch servieren, Rote Grütze auf Magerquark, als es klopfte. Ein graubärtiger Mann in weißem Blaumann stand vor der Tür. Er solle das hier abgeben, sagte er und war schon wieder verschwunden. Das Kuvert trug den Stempel des Inselinternats. Mütze riss es auf. Auf einem Blatt Papier stand eine Liste mit den Namen von sieben Schülern. Und deren Geburtsdaten. Keiner war älter als siebzehn. Mütze griff sogleich zum Handy, aber Susi ging nicht mehr dran. Konnte man um diese Uhrzeit auch nicht mehr erwarten. Egal, hatte auch bis morgen Zeit.

Über den Abendhimmel flutete das flammendste Rot, als die beiden Männer durch die Dünen zum Strand gingen.

»Wie in alten Zeiten in Dortmund, erinnerst du dich?«, flüsterte Karl-Dieter verträumt.

»Klar erinner ich mich«, erwiderte Mütze, »als Kind haben sie uns immer erzählt, jetzt backen die Englein im Himmel für Weihnachten. Dabei haben sie bei Hoesch nur abgestochen!«

»Aber schön war es doch!«, sagte Karl-Dieter.

Mütze hatte eigentlich überhaupt keine Lust auf einen Abendspaziergang gehabt. Andererseits: Zur Scrabblepartie hatte er noch weniger Nerv, nicht nach den Bierchen und der Flasche Wein. Damit war er klar auf Verlust programmiert, und Verlieren war nicht seine Sache. Da war der Spaziergang noch das geringere Übel. Zudem hatte Karl-Dieter ihm eine Überraschung versprochen. Hoffentlich was Vernünftiges und nicht wieder so ein kitschiges Goldkettchen wie zu Weihnachten.

Der Strand hatte sich geleert, die Familien mit den kleinen Kindern waren längst zu Hause, und die Sonnenuntergangsfans alle oben am Höhenweg. Wie schwarze Schatten standen die verwaisten Strandkörbe vor dem lichtglänzenden roten Meer. Da griff Karl-Dieter in seine Tasche und forderte Mütze auf, die Augen zu schließen.

»Komm schon, Karl-Dieter, was soll der Scheiß?«
»Mach schon, Mütze!«

Unwillig kniff Mütze die Augen zusammen, dann spürte er Karl-Dieters Lippen auf seiner Wange und ein kleines, kühles Ding in seiner Hand. Ein Schlüssel. Mit kurzem Bart und einem Schildchen daran: »Dreiundzwanzig«.

»Unser Strandkorb«, sagte Karl-Dieter.

»Oh.« Mehr fiel Mütze dazu nicht ein.

»Komm nur, da vorne steht er!« Lächelnd zog Karl-Dieter ihn weiter.

Das Objekt seiner Begierde stand in der vordersten Reihe, etwas abseits ganz links. Auf dem weißen Kunstkorbgeflecht hob sich eine schwarz aufgepinselte »23« ab.

»Verstehst du, die Dreiundzwanzig!«, sagte Karl-Dieter bedeutungsschwer, als er das Vorhängeschloss aufsperrte und das hölzerne Absperrgitter entfernte.

»Was meinst du?«, fragte Mütze.

»Na, überleg mal! Wir sind doch jetzt genau dreiundzwanzig Jahre zusammen!«

Dreiundzwanzig Jahre! Karl-Dieter, der hoffnungslose Romantiker! Hielt jedes Jahr fest, zauberte zu ihrem Kennenlerntermin im März, dem eisigen Tag, an dem die Liebe in ihnen entflammt war, wie sich Karl-

Dieter auszudrücken pflegte, stets ein Liebesmenü. Mit Kerzen und klassischer Musik. Und bestand darauf, dass sie sich nach dem Essen in immer exakt der gleichen Weise liebten wie damals. Auch wenn das mittlerweile technisch ziemlich schwierig geworden war. Sie mussten dazu eigens zur Oper fahren, wo Karl-Dieter die Kulisse von Tristan und Isolde herabließ und das Schwanenboot von Parzifal heranrollte. Nur, früher sind sie gelenkiger gewesen.

Karl-Dieter war ein Gefühlsmensch. Weihnachten brannte stets der schönste Weihnachtsbaum, Silvester wurde Blei gegossen, Ostern färbte er die Eier bunt und versteckte sie dann für Mütze. Wenn er am Ostersonntag durch die Wohnung kroch, um ja auch jedes Ei aufzustöbern, schwor er sich, dass das nun wirklich das absolut letzte Mal war. Streckenweise ging Mütze diese ganze Gefühlssoße echt auf den Keks. Aber wenn er sah, wie sich Karl-Dieter in seiner kindlichen Weise darüber freuen konnte, dann fand er auch seinen Spaß daran. Ach, sollte Karl-Dieter doch nur machen! Er meinte es gut, und seine große Seele musste sich ja irgendwie artikulieren. Was schadete es da, einmal im Jahr Ostereier zu suchen? Nein, es blieb dabei: Karl-Dieter war Mützes größter Schatz!

Im Strandkorb saß man wirklich gemütlich. Schön warm und windstill war es hier.

»Die arme Eisverkäuferin«, sagte Karl-Dieter mit weicher Stimme, »nie wieder werden ihre Augen dieses wunderbare Bild genießen, nie wieder wird für sie die Sonne im Meer versinken!«

Mütze schwieg. Nach einer Weile aber ergänzte er mit einer Prise Zynismus in der Stimme: »Und ihr feiger Mörder läuft weiter frei herum und ergötzt sich höchst zufrieden an diesem Spektakel.«

»Nicht mehr lange«, Karl-Dieter legte seine Hand zärtlich auf Mützes Knie, »du wirst ihn erwischen und ihn der gerechten Strafe zuführen!«

»Dein Wort in Gottes Ohr.«

Schweigend sahen sie den roten Sonnenball im Meer versinken. Im Widerschein strahlten noch einmal die Schleierwolken auf, postkartenschön. Mütze aber hatte nur das Bild der Toten vor Augen. Wie hatte sich Fidel Castro noch ausgedrückt? Gleich einer Meerjungfrau sei sie im Wasser geschwebt. Er fragte sich, ob Fidel Castro ihm die ganze Wahrheit gesagt hatte. Ob er ihn zu den Verdächtigen zählen musste? Immerhin hatte der Mann vom Küstenschutz zugegeben, Antje Sörings Nacktbadegewohnheiten zu kennen. Vielleicht hatte er sich in sie verliebt. Vielleicht hatte er sich gedacht, sie würde ihn erhören. Sex on the beach. Vielleicht hatte sie ihn schnöde abgewiesen, vielleicht sogar über ihn gelacht. Vielleicht hatte er deshalb die Wut bekommen, vielleicht hatte er daraufhin zugedrückt. Vielleicht, vielleicht, vielleicht. Warum aber sollte Fidel Castro nach dem Mord Ahsen angerufen haben? Das wäre doch total blöde. Obwohl, vielleicht auch nicht. Vielleicht war das sogar sehr geschickt gewesen. Was auf jeden Fall auffällig war: Der Küstenschützer hatte kaum eine Gefühlsregung gezeigt. Es war doch höchst ungewöhnlich, dass jemand eine Leiche fand und dann so cool blieb. Auch bei der Fahrt zum Fundort der Toten. Hatte noch locker Small Talk gehalten. So, als wäre das Auffinden von Mädchenleichen für ihn die reinste Routine. Wo doch Spiekeroog die Insel der Seligen war! Er würde Ahsen noch mal genau nach dem Anruf befragen müssen. Und auch mit Fidel Castros Ehefrau sprechen. Vielleicht stimmte was mit ihrer Ehe nicht, und er hatte sein Glück woanders gesucht.

Mütze beugte sich nieder, griff sich eine Handvoll Sand und ließ die feinen Körner durch die Finger rieseln. Er wusste genau wie dürftig seine Hypothesen waren. Selbst wenn etwas mit Fidel Castros Ehe nicht stimmte, was hieß das schon? Dann müsste er doch mindestens fünfzig Prozent aller Heteros verdächtigen. Und wenn die Leiche männlichen Geschlechts gewesen wäre, fünfzig Prozent der Schwulen ebenfalls. Denn mit den Beziehungen der Schwulen stand es auch nicht besser. Selbst Karl-Dieter und er hatten ihre Krise gehabt. Damals, vor ein paar Jahren, als er diesen süßen Praktikanten vernascht hatte. Oder der süße Praktikant ihn. Auf die Clinton-Methode. Für ihn, Mütze, hatte das keinerlei weitergehende Bedeutung gehabt, eine Affäre eben, nicht mehr. Der junge Praktikant aber hatte nicht sein raffiniertes Mundwerk halten können, und so hatte Karl-Dieter alles erfahren.

Von der defekten Klimaanlage, den Bierchen und dem Deckenventilator. Und dem Übrigen. Es hatte Mütze drei teure Rosensträuße gekostet, die Sache wieder halbwegs geradezubiegen. Ein letztes Misstrauen aber war geblieben. Er hatte Karl-Dieter hoch und heilig versprechen müssen, falls ihm das noch mal passieren würde, ihm als Erstem davon zu erzählen. Nie wieder wollte er von Dritten davon erfahren. Das sei das Schlimmste gewesen, diese Demütigung. Alle hätten es gewusst, nur er sei rumgelaufen wie ein Trottel.

Schnell wurde es dunkel und kalt. Schweigend standen sie auf und gingen heim. Vor zwanzig Jahren wäre Mütze in dem einsamen Strandkorb noch auf ganz andere Ideen gekommen, dachte Karl-Dieter mit leichter Betrübnis. Nun sind sie halt ein altes Ehepaar geworden. Auch wenn er jeden verwegenen Versuch Mützes, im Strandkorb Dummheiten anzustellen, sicher empört zurückgewiesen hätte, es hätte ihm doch gutgetan, begehrt zu werden. Warum das Alter nicht aufzuhalten war?

Sie lagen schon längst im Bett, als es plötzlich einen Schlag an die Scheibe tat. Mütze sprang zum Fenster und riss es auf. Niemand zu sehen. Unter dem Fenster aber lag ein verschnürtes Paket. Mit einer Geschmeidigkeit, die man ihm nicht zugetraut hätte, sprang Mütze aus dem Fenster in die Nacht hinaus, lief am Kirchhof vorbei und schaute das Süderloog entlang. Nichts. Nichts zu sehen und nichts zu hören. Doch! Da vorne saß jemand auf der Bank! Sofort spurtete Mütze los. Es war die Alte von der Fähre. Sie hatte ihren Stoffseehund aus der Handtasche genommen und neben sich gesetzt. Auf Mützes hektische Frage, ob sie jemanden gesehen habe, schaute sie ihn höchst verwundert an und schüttelte nur stumm den Kopf.

Instinktiv lief Mütze weiter bis zum Pavillon und blickte in Richtung Hafen. Nichts zu sehen. An der Inselapotheke rannte er über das Norderloog wieder zurück. Fast schon hatte er die Hoffnung aufgegeben, da sah er eine schwarze Gestalt um die Kirche verschwinden. Junge, du entkommst mir nicht, dachte sich Mütze. Nur blöd, dass er seine Knarre nicht dabei hatte.

Vorsichtig schlich er sich um die andere Seite der Kirche und blieb atemlos an der nordöstlichen Ecke stehen. Leise, nur leise! Da! Die Gestalt schien näherzukommen. Jeder Muskel seines Körpers spannte sich, seine Rechte hielt er zur Faust geballt bereit. Und dann schlug er zu. Ohne Vorwarnung, ohne zu zögern, mitten hinein in die Visage. Mit einem dumpfen Stöhnen ging die Gestalt zu Boden. Mensch, den Mann kannte er doch! Das war, er konnte es nicht fassen, das war... Karl-Dieter!

»Mensch Karl-Dieter, du Idiot, was schleichst du denn hier draußen rum!«

Mütze packte ihn über die Schulter und schleppte ihn das kurze Stück zurück zu ihrer Ferienwohnung. In der Dusche ließ er kaltes Wasser über Karl-Dieters malträtierten Schädel laufen. Er hatte ihn voll über dem linken Auge erwischt. Mannomann, das würde ein Veilchen geben! Langsam kam Karl-Dieter wieder zu sich, fasste sich an den Kopf und schrie auf.

»'tschuldige, Karl-Dieter«, brummte Mütze zerknirscht.

Karl-Dieter sah ihn nur ungläubig an.

»Mensch, konnte doch nicht wissen, dass du das bist«, sagte Mütze, »wen hast du denn da draußen gesucht?«

»Wen wohl, du Trottel«, stöhnte Karl-Dieter.

»Halt mal das Handtuch, ich hol Eis!«

Bevor Mütze zum Kühlschrank ging, lief er zum Fenster und angelte sich das Paket. Dann brachte er Karl-Dieter das erste Beste, das ihm aus dem Gefrierfach entgegenpurzelte, eine tiefgefrorene Tüte.

»Du bist wirklich ein Trottel«, sagte Karl-Dieter, »das sind doch die Lammsteaks!«

Während sich Karl-Dieter mit den Steaks auf dem Auge ins Bett legte, setzte sich Mütze an den Küchentisch. Behutsam öffnete er das Paket, nicht ohne sich vorher Latexhandschuhe übergezogen zu haben. Er wollte der Spusi ja keine unnötige Arbeit machen. Das Paket war mit einer Kordel verschnürt, einem gewöhnlichen Haushaltsartikel, den man in jedem Supermarkt bekam. Mütze streifte sie ab und öffnete die weiße Pappschachtel vorsichtig. Oben lag ein Zettel. Eine Botschaft. Ausgeschnittene Buchstaben einer Boulevardzeitung auf ein weißes DIN-A4-Blatt geklebt:

»Hör auf hier rum zu schnüffeln! Oder es geht deinem Dicken dreckich!«

Unter dem Blatt aber lag ein Schuh. Ein einfacher blauer Leinenschuh.

Donnerstag

Es schien ein schöner Tag zu werden. Vom Watt aus beleuchtete die Morgensonne die Insel, ein leichter Ostwind strich durch das prächtige Laub der Bäume. In der alten Linde mussten Dutzende von Spatzen sitzen, jedenfalls hörte man ein eindrucksvolles Schimpfkonzert. Aus der Inselbäckerei duftete es verführerisch, die Schlange der Wartenden zog sich bis über die Straße. Ein kleiner Elektrowagen mit Anhänger bahnte sich vorsichtig seinen Weg hindurch, und die Besitzerin des Modegeschäfts von gegenüber stand auf einem Schemel und polierte die Scheiben. Dass man selbst hier auf Spiekeroog Fenster putzen musste, verwunderte Mütze. Wo doch die Luft hier gar nicht sauberer sein konnte. Mütze folgte dem Süderloog, bis zur Polizeistation war es ja nur ein Katzensprung. Die Glocke der alten Inselkirche schlug an. Halb acht. Für acht Uhr hatte er sich mit Ahsen verabredet. Dann wollten sie Harry the Hawk befragen.

Karl-Dieter hatte er den Zettel nicht gezeigt. Und ihm nur vom ersten Teil der Drohbotschaft erzählt. Erstens musste man ihn nicht unnötig beunruhigen, und zweitens war das mit dem »Dicken« eine ziemliche Frechheit. Karl-Dieter und dick! Gut, Karl-Dieter hatte sich im Laufe der Jahre etwas gerundet, das war nicht abzustreiten. Wen aber ging das was an? Sicher nicht diesen dreckigen Mörder! Die weichen Formen passten doch zu Karl-Dieter, es war schon immer etwas Weiches,

Rundes in seinem Wesen gewesen, während Mütze seine sehnig-muskulöse Form behalten hatte. Was er ja auch musste, berufsmäßig betrachtet. Jede Woche standen mindestens vier Stunden Fitness auf seinem Programm. Kulissenschieber klang zwar auch nach körperlicher Tätigkeit, durch die moderne Elektronik aber musste man fast nur noch Knöpfchen drücken. Nein, es war besser, Karl-Dieter nicht alles zu erzählen. Er sollte nur in Ruhe seinen Urlaub genießen. Zudem da noch das Auge war. Trotz der Kühlung war es dick angeschwollen und tiefviolett verfärbt. Ziemlich muffelig hatte Karl-Dieter beim Frühstück gesessen, und nur Mützes Versprechen, auf jeden Fall heute mit zu den Seehundbänken zu fahren, hatte seine Laune etwas aufheitern können. Junge, Junge, warum musste Karl-Dieter ihm auch im Einsatz hinterherlaufen? Mütze war doch nicht zum Strandkorbsitzen hierhergekommen, er war im Dienst, er hatte einen Mord zu klären.

Schon früher war es gelegentlich vorgekommen, dass Karl-Dieter seinem Partner helfen wollte. Woraufhin sie eine Abmachung getroffen hatten, an die Karl-Dieter sich jetzt bitte einfach nur halten sollte: Sich nicht in seine Ermittlungen einmischen. Mütze käme ja auch nicht auf die Idee, ihm beim Kulissenschieben zu helfen. Jeder hatte seinen Job zu machen, und das war gut so.

Ansonsten war Mützes Laune prächtig. Seit er auf der Insel war, hatte er sich nicht so wohlgefühlt. Endlich. Endlich hatte er eine Fährte. Er trug sie in der unscheinbaren Bäckertüte in seiner Rechten bei sich. Jetzt war sicher: Der Mörder befand sich noch auf der Insel. Es war kein Vergewaltigungstourist, keiner, der sofort weitergezogen war, um sein nächstes Opfer zu suchen. Es war jemand von hier. Ein Insulaner. Oder doch jemand, der sich länger hier aufhielt. Und zudem ziemlich blöde sein musste. Denn wer war schon so hirnverbrannt, es mit solch einer plumpen Drohung zu versuchen? Der Polizei gegenüber! Was hatte sich der Kerl gedacht? Dass er jetzt den Schwanz einklemmen und zähneklappernd mit der nächsten Fähre türmen würde? Lächerlich! Und auch Karl-Dieter hatte nichts zu befürchten. Das war doch ein ganz durchsichtiges Manöver, ein Bluff ohne Substanz. Klar, ein unschuldiges Mädchen weit draußen auf dem einsamen Strand zu töten, dazu hatte der Kerl die Traute. Sich aber an einen erwachsenen Mann heranzuwagen, dazu gehörte doch ganz was anderes.

Ahsen saß schon an seinem Schreibtisch auf der Wache und bot Mütze einen Kaffee an. Ohne darauf einzugehen, schwang Mütze die Tüte wie eine Trophäe auf die Tischplatte: »Voilà!«

Ahsens Augen leuchteten gerührt. Kuchen! Frischer Kuchen von der Inselbäckerei! Das hatte er nicht erwartet, nicht von Mütze.

»Quatsch, Kuchen!«, rief Mütze und zog sich ein paar frische Latexhandschuhe über, »schauen Sie sich das an!«

Der schlaksige Polizist staunte nicht schlecht, als Mütze den blauen Leinenschuh auspackte und den Zettel mit der Botschaft daneben glattstrich.

»Dann ist der Mann, den wir suchen, noch auf der Insel!«

»Scharf kombiniert, Ahsen! Was fällt Ihnen noch auf?«

»Der Rechtschreibfehler. Dreckig schreibt man anners.«

»Super und was schließen wir daraus?«

»Der Täter ist Legastheniker. Oder von flachem Verstande.«

»Eben nicht, Ahsen, eben nicht! Er will uns nur glauben machen, es wäre so!«

»Ah so!«

»Weiter, was fällt Ihnen noch auf?«

»Darf ich ehrlich sein, Herr Kommissar?«

»Bitte, Ahsen, ich bitte darum!«

»Das mit dem Dicken ist 'n ganz schön starkes Stück, 'ne echte Beleidigung!«

»Das tut hier nichts zur Sache. Weiter, Ahsen, was noch?«

»Ehrlich gesagt, das war alles, mehr fällt mir nich auf.«

»Die Buchstaben. Aus welcher Zeitung sind die Buchstaben?«

»Aus der *Bild*, schätz ich mal. Aus unserm *Inselboten* jedenfalls nich, das is 'n seriöses Blatt.«

»So, und nun schauen Sie mal genau hin. Hier, dieses D und dieses D in *deinen* und in *dreckich*, sehen Sie das?«

»Na klar seh ich das, Herr Kommissar, zweimal derselbe Buchstabe.«

»Sehen Sie genauer hin, betrachten Sie den Hintergrund.«

»Das graue Geschmier?«

»Exakt! Und zwar zweimal exakt genau das gleiche graue Geschmier. Sehen Sie, wie es beide Male nach rechts unten langsam dunkler wird. Und die kleine Aufhellung hier. Und hier?«

»Stimmt.«

»Das heißt: Wer immer auch diesen Text zusammengeklebt hat, er muss zwei identische Exemplare der Bild verwendet haben. Wo gibt's hier auf Spiekeroog Zeitungen zu kaufen?«

»Nur in drei, vier Geschäften.«

»Können Sie mir einen Gefallen tun, Ahsen?«

»Jederzeit, Herr Kommissar.«

»Können Sie herausfinden, wer gestern zwei Bildzeitungen auf einmal gekauft hat?«

»Geht in Ordnung, Herr Kommissar.«

»Und dann schicken Sie bitte den Karton an die Spusi.«

»Geht in Ordnung, Herr Kommissar.«

Mütze gefiel die knappe, sachliche Art von Ahsen. Er gab der Holzmöwe einen Stups, dass sie mit dem gelben Schnabel zu hacken begann, und bat Ahsen, sich nochmals möglichst genau an die Ereignisse vom Dienstag zu erinnern. Wie war das mit dem Anruf gewesen? Dem Anruf von Knutsen, dem Küstenwächter vorgestern, als er die Leiche gefunden hatte? Wie hatte sich Knutsens Stimme angehört?

»Wie sich Knuts Stimme angehört hat? Wie sich Knuts Stimme immer anhört.«

»Wie meinen Sie das?«

»Knut hat nur diese eine Stimme und keine andere.«

»Aber diesmal ging es um einen Leichenfund!«

»Und wenn er einen ganzen Leichenhaufen gefunden hätte, hätte es auch nicht anders geklungen.«

»Wie steht es eigentlich um Knutsens Ehe?«

»Nun hören Sie aber auf, Herr Kommissar! Was zu weit geht, geht zu weit!«

»Er ist doch verheiratet?«

»Knut? Na klar. Mit Hiltrud. Ist das verboten?«

Mütze spürte, dass er hier nicht weiterkam. Ahsen war in Ordnung, aber diese Insulaner schienen alle zusammenzuhalten. Mütze blickte auf die Uhr. Es war schon Viertel nach acht. Warum kam dieser Harry nicht? Mütze hasste Unpünktlichkeit. Und hatte keine Lust, sich hier weiter den Hintern platt zu sitzen. Was war das für ein Typ? Ob Harry wirklich nur der verrückte Sportsmann war?

»Wenn er noch kommen sollte, rufen Sie mich bitte an!«

»Geht in Ordnung, Herr Kommissar!«

»Und noch was, Ahsen. Wegen dem Dicken, kein Wort zu meinem Partner!«

»Geht in Ordnung, Herr Kommissar.«

»Kann ich mir noch mal Ihr Fahrrad leihen?«

Und schon war Mütze hinausgestürmt. Knapp und sachlich war ja gut und schön, aber man konnte auch alles übertreiben. Mütze wusste nun schon, wie er die Fußgängerzone meiden und um den Ort herumradeln konnte. Immer nur den Tranpad entlang Richtung Westen. Der Wind wehte heute nur schwach, so kam er viel leichter voran. Keine Viertelstunde später stand er vor dem Haus des Küstenschutzes, in dem sich auch Fidel Castros Privatwohnung befand. Wieder schien Knutsen unterwegs zu sein, jedenfalls war seine Elektrokiste nicht zu sehen. Neben dem Haus standen drei Abfalltonnen. Rasch warf Mütze einen Blick in die Papiertonne. Gähnende Leere. Nun erst schellte Mütze an der Haustür. Quietschend ging ein kleines Fenster auf und ein kantiger Frauenkopf erschien. Dann schloss sich das Fenster wieder, jemand stampfte zur Haustür und öffnete sie. Frau Knutsen war eine großgewachsene Endvierzigerin mit dem Kreuz einer Schwimmerin.

»Was wollen Sie?«

»Kommissar Mütze. – Frau Knutsen?«

»Die bin ich.«

»Darf ich Ihnen ein paar Fragen stellen?«

»Warum?«

»Ich komme wegen der Toten. Wie haben Sie vom Fund der Leiche erfahren?«

»Von meinem Mann.«

»Wann hat er's Ihnen erzählt?«

»Als er wieder nach Hause gekommen ist.«

»Wann war das?«

»Mittags beim Essen.«

»Frau Knutsen, wann ist Ihr Mann vorgestern morgens aus dem Haus?«

»Was weiß denn ich.«

»Sie sind seine Frau!«

»Wir haben getrennte Schlafzimmer.«

»Haben Sie zusammen gefrühstückt?«

»Nein.«

»Frau Knutsen, kannten Sie Frau Söring?«

»Nicht näher.«

»Kannte Ihr Mann Frau Söring?«

»Das müssen Sie ihn schon selbst fragen.«

»Frau Knutsen, geradeaus gefragt, wie steht es um Ihre Ehe?«

Wumms, da war sie zu, die Tür! Wütend starrte Mütze auf die Klingel. Fast hätte er erneut geläutet, als er vom Hafen her ein dumpfes Schiffshorn hörte. Verdammt! Die Fahrt zu den Seehundbänken! In zehn Minuten würde das Schiff ablegen. Augenblicklich schwang sich Mütze auf das Fahrrad und trat wie ein Verrückter in die Pedale. Frau Knutsen würde er sich später noch mal vorknöpfen, keine Antwort war ja auch eine Antwort.

Der Käpten wollte gerade die Planke einziehen, als er laute Rufe hörte. Mütze kam vom Deich zum Hafen runtergerollt. Ohne abzusperren warf er das Fahrrad neben eine Ansammlung umgedrehter Bollerwagen und sprang an Bord. Karl-Dieter stand schon wartend an der Reling, neben ihm das ABC-Geschwader. Seine Miene schaltete sichtbar von Empörung auf Freude um. Die Damen aber sahen Mütze an, als hätte er ihre Dackel gegrillt. Zwar lächelten sie unisono, aber hinter dem Lächeln war ganz klar ein tiefes Missfallen zu erkennen.

»Wir haben uns schon um Ihren Freund gekümmert«, sagten sie und sahen Karl-Dieter kummervoll an.

Tatsächlich sah das Auge nicht mehr so schlimm aus. Es war zwar immer noch dick geschwollen, aber die tiefviolette Tönung war unter einer kräftigen hautfarbenen Schminke verschwunden. Was hatte Karl-Dieter den Damen erzählt? Dass Mütze ihn verprügelt hätte?

»Und wir dachten immer, Regenbogenpaare gehen zärtlicher miteinander um!«, sagten die Damen.

Regenbogenpaar? Hatte er richtig gehört? Mütze sah Karl-Dieter konsterniert an. Hatten die Biester den Ausdruck etwa von ihm? Niemals würde er sich in der Kategorie Regenbogenpaar einordnen lassen! Regenbogenpärchen, wie sich das anhörte! Wie eine exotische Papageienart!

»Hören Sie, meine Damen«, sagte Mütze mit bedrohlich sanfter Stimme, »den Regenbogen überlassen wir getrost dem Himmel. Wir sind schwul, einfach nur schwul, verstehen Sie? Sprechen Sie das Wort doch einfach mal aus, Sie werden sehen, es ist gar nicht schwer!«

Es dauerte ein bisschen, aber das Gläschen Sekt, zu dem Karl-Dieter einlud, entspannte die Stimmung wieder, ja, es wurde sogar richtig lustig. »Junge, komm bald wieder, bald wieder nach Haus ...« Die Damen fingen an, Seemannslieder zu singen und Karl-Dieter und Mütze dabei am Arm zu packen. Sie nahmen Kurs auf Langeoog.

»Überall diese Oogs hier«, meinte Karl-Dieter, »Spiekeroog, Wangerooge, Langeoog, verwirrend, diese ostfriesischen Inseln.«

»Ganz einfach zu merken!«, rief das ABC-Geschwader munter. »Welcher Seemann liegt bei Nena im Bett?«

»Wie bitte?«

»Welcher Seemann liegt bei Nena im Bett! – Wangerooge, Spiekeroog, Langeoog, Baltrum, Norderney, Juist, Borkum!«, jubelte das Geschwader. »Man nimmt die Anfangsbuchstaben der lustigen kleinen Frage und schon weiß man, wie die Inseln sich aneinanderreihen.«

Es war ein kleines Schiff, nur so ein Kutter, nicht zu vergleichen mit der Spiekeroog I, gut zwei Dutzend Urlauber waren an Bord. Der noch recht jugendlich wirkende Seehundexperte, ein sehniger, sportlicher Typ, stellte sich als Uwe Sielmann vor, begrüßte seine Gäste herzlich und erzählte von den Tieren und ihren Lebensbedingungen.

»Es ist keinesfalls eine Selbstverständlichkeit, hier noch Robben anzutreffen. Sie sind schon fast ausgerottet gewesen. Nicht durch Gifte, sondern durch brutales Erschlagen!«

Mit Keulen hätten die Menschen sie niedergeprügelt, einzig und allein, weil man sie als konkurrierende Fischfresser angesehen habe, und nichts verzeihe der Mensch weniger, als wenn jemand auf das Gleiche Appetit entwickle wie er selbst. Deshalb seien auch die Wölfe gejagt worden, die Bären und die Kormorane.

»Auch heute noch gibt es eine mächtige Lobby, die würde Seehunde am liebsten wieder erschlagen«, sagte Sielmann mit ernster Stimme durch das Mikrofon. »Wir alle müssen aufpassen, höllisch aufpassen. Robben sind sehr verletzlich und haben viele Feinde.«

Die Fahrt zu den Seehundbänken dauerte nicht lange. Im Grunde waren sie nichts weiter als längliche, öde Sandbuckel, fand Mütze. Die Sonne leuchtete nun von einem wolkenlosen Himmel, ja, sie stach direkt. Karl-Dieter griff besorgt zu seiner Sonnenmilch und wollte seinen Freund Mütze einschmieren, was dieser jedoch mit heftigen Abwehrbewegungen zu verhindern wusste.

»Unsere Männer, Gott hab sie selig, konnten auch so störrisch sein!«, kommentierte das ABC-Geschwader.

Was an diesen Tieren nur so interessant sein kann, dachte sich Mütze, als sie langsam an der Sandbank vorbeiglitten und sich alles an den schwarzen Dingern erfreute. Das Kindchenschema musste dran schuld sein, die großen Kulleraugen und das Stupsnäschen. Der schwarze Schnurrbart hingegen kontrastierte perfekt dazu, so wirkten die Viecher wie ein Hybrid aus Kind und Mann, was sie für Frauen wohl unwiderstehlich machte. Das ABC-Geschwader jedenfalls war schier aus dem Häuschen. Die drei überboten sich in wechselseitigen Jubelrufen: »Nein, wie süß!« – »Ach, wie goldig!« – »Nee, wie putzig!«

Auch Karl-Dieter war hin und weg, vor allem, als Uwe Sielmann nun ein kleines seltsam gebogenes Metallpfeifchen zog und zweimal kräftig hineinblies. Zwar konnten die Menschen nichts hören, wohl aber die Seehunde. Einer von ihnen jedenfalls löste sich aus der dösenden Herde, robbte zum Wasser und kam auf sie zugeschwommen. Als er den Kutter erreicht hatte, richtete er sich mühsam auf und klatschte in seine Vorderpfoten. Sielmann zog einen Brocken aus der Tasche und warf ihn in sein Maul. Großartig! Der gehorchte ja wie ein Hund. Wie war das möglich?

Uwe Sielmann freute sich genauso über den Beifall wie der Seehund, der nochmals in die Pfoten klatschte, wie um sich für den Applaus zu bedanken. Dann zog Sielmann einen feuerroten Plastikknochen aus der Tasche und warf ihn in hohem Bogen ins Wasser. Die Robbe tauchte ab, um kurz darauf wieder emporzuschnellen, das rote Spielzeug im Maul. Damit schwamm er zum Kutter zurück und schleuderte den Knochen mit einer raffinierten Kopfbewegung wieder an Bord, direkt in die Hände seines Herrchens. Wilder noch wurde jetzt applaudiert, und Herr und Hund verneigten sich dankbar. Dann warf Sielmann seinem artistischen Freund einen letzten Fisch zu, und die Robbe nahm wieder Kurs auf ihre Herde.

Nun ging's zurück Richtung Spiekeroog und Seehund-Uwe erzählte übers Mikrofon, dass er eine Zeitlang als Tierwärter im Hamburger Zoo gearbeitet, ihn aber diese Art der Tierhaltung mehr und mehr abgestoßen habe. Hier draußen im freien Ozean, das sei doch ein anderes Leben! Und dennoch lauere auch hier die Gefahr. Viele kleine Robbenbabys müssten verhungern, weil ihre Mütter verendet waren. So kämpfe er für eine Aufzuchtstation in Neuharlingersiel, ein Grundstück habe er bereits erworben. Öffentliche Unterstützung aber bekomme er keine, und so sei er auf Spenden angewiesen. Mit dem Fläschchen könne man die Kleinen retten. Wichtig sei nur, sich eine Seehundmaske dabei aufzuziehen, um sie nicht zu sehr an den Menschen zu gewöhnen. Wenn sie groß genug seien, könne man sie ohne Problem wieder auswildern.

»Das ist der schönste Moment, wenn so ein kleines Wesen in die große Freiheit taucht«, sagte Sielmann und seine Stimme bebte vor Erregung. »Am Ende der Fahrt werde ich meinen Hut aufhalten. Jeder, der etwas hineintut, rettet einer kleinen Robbe das Leben. Herzlichen Dank!«

Die Urlauber nickten und applaudierten. Wo gab es noch so einen Idealismus?

Das ABC-Geschwader revanchierte sich bei Mütze und Karl-Dieter mit einer zweiten Runde Sekt, und fröhlich sang es: »Eine Seefahrt, die ist lustig, eine Seefahrt, die ist schön ...« Karl-Dieter versuchte sich wiederholt an dem Merksatz für die Inseln, verhaspelte sich aber ein übers andere Mal.

»Aber Karl-Dieter, ist doch ganz einfach«, lachte das Geschwader, »passen Sie auf, so können Sie sich's besser merken: Welcher Seemann liegt bei Norbert im Bett?«

Prustend und die Männer in die Rippen boxend stießen die Damen mit ihnen an. Mütze fiel nur gequält in ihr Lachen ein. Die drei waren doch nicht ganz dicht. Stand nicht schon in der Bibel geschrieben: »Was kann aus Bottrop schon Gutes kommen?«

Als sie wieder von Bord gingen und an Seehund-Uwe vorbeikamen, der seine Mütze vor sich hielt, fragte ihn das ABC-Geschwader, während es großzügig spendete, ob es auch homosexuelle Seehunde gebe? Uwe Sielmann grinste und sagte, ja, das käme durchaus vor.

»Ne, da kannste doch mal sehen!«, rief das ABC-Geschwader aus.

Mütze war froh, wieder an Land zu sein. »Deine Nase ist schon ganz rot«, bemerkte Karl-Dieter tadelnd, und das ABC-Geschwader stimmte ihm nickend zu: »Sie haben einen Sonnenbrand!« Mütze wollte sich so schnell wie möglich verabschieden, aber Karl-Dieter bat ihn inständig, doch noch kurz zu bleiben, um eine Kleinigkeit zu essen. Gleich am Eingang zum Dorf, in der schönen alten »Teetied«, gebe es die köstlichsten Waffeln! Mütze ergab sich seinem Schicksal. Er hatte im Moment sowieso nichts wirklich Wichtiges zu tun. Und etwas zwischen den Kiemen konnte nicht schaden, der Seeteufel gestern hatte nicht lang vorgehalten. Doch halt! Da war doch noch die Liste mit den Schülern!

»Geht ihr schon vor«, sagte Mütze, »ich muss grad noch mal telefonieren!«

Diesmal ging Susi gleich dran. »Ich hab's schon bei dir versucht. Wegen der Telefonverbindungen von Antje Sörings Handy. Leider schlechte Nachrichten. Alles schon gelöscht. Verbotene Datenspeicherung, das alte Problem.«

Ja, Daten werden geschützt, Menschenleben eben nicht, so ist das bei uns. Mütze verzog das Gesicht. Umständlich fingerte er die zerknitterte Liste aus der Hosentasche und gab die Namen der Schüler durch und auch die Geburtsdaten. Susi versprach, gleich nachzuschauen, sie würde sich so bald wie möglich wieder melden. Mütze sandte ihr erneut einen dicken Schmatz durch die Leitung und radelte zum Dorf hinüber. So ein Mist! Die Telefonkontaktdaten hätten so wichtig sein können.

Karl-Dieter und seine neuen Freundinnen hatten noch einen Tisch draußen auf der Terrasse ergattern können. Die Waffeln schmeckten wirklich köstlich. Mütze bestellte sich eine, »mit alles drauf« und bekam sie mit heißen Kirschen, Vanilleeis, Zimt und einem Berg

Sahne serviert, was Karl-Dieter, der sich eine nur mit Puderzucker ausgesucht hatte, aus den Augenwinkeln mit einer Portion Neid registrierte. Das ABC-Geschwader hatte Kuchen geordert und dazu ein spezielles Getränk: »Bitte fünf Pharisäer, Herr Ober!«

Den Pharisäer müssten die Herren probieren, meinten die Damen, das sei ein ostfriesisches Nationalgetränk. Es erwies sich als Kaffee mit Rum oder besser gesagt als Rum mit Kaffee. Original ostfriesische Erfindung, sagte das Geschwader. Ein strenger Herr Pastor habe es nur ungern gesehen, wenn seine Schäfchen Alkohol tranken. So hätten sie den Schnaps heimlich in den Kaffee geschüttet und mit der Sahne getarnt, während sie dem Pastor seinen alkoholfreien Kaffee hingestellt hätten. Unglaublich, dachte sich Mütze. Unglaublich auch, was die Alten so weghauen können! Als der Kellner die leeren Pharisäertassen abräumen kam, grölte Mützes Handy. Sensationell! Susi war unschlagbar! Mütze stand schnell auf und suchte sich ein ruhiges Plätzchen.

Es war aber nicht Susi, sondern ein gewisser Professor Grube, Rechtsmediziner aus Bremen. Es täte ihm sehr leid, aber die fraglichen DNA-Spuren unter den Fingernägeln von Frau Söring habe man nicht verwerten können. Es sei einfach zu wenig Material. Er dachte, das sei sicher wichtig, daher habe er es schnell selbst durchgeben wollen, auch wenn es eine schlechte Nachricht sei.

»In der Tat«, brummte Mütze und bedankte sich.

Das ABC-Geschwader platzte vor Neugier: »Haben Sie den Täter?«

»Sie werden es als Erste erfahren, meine Damen.« Mütze verbeugte sich und ging.

»Aber Ihr zweiter Pharisäer, Herr Kommissar ...«

Ahsen saß bereits wieder neben seiner Holzmöwe an seinem Schreibtisch und sah ziemlich zerknirscht aus. Nein, Harry the Hawk sei nicht gekommen, nein, es könne sich auch kein Verkäufer erinnern, dass gestern jemand zwei Bild-Zeitungen auf einmal gekauft habe. Mütze lehnte sich vor und versetzte die Möwe wieder in Schwingungen, so dass sie mit ihrem gelben Schnabel giftig nach ihm zu hacken begann.

»Schaffen Sie mir diesen Harry her, Ahsen«, sagte Mütze.

»Geht in Ordnung, Herr Kommissar!«

Mütze war schlecht gelaunt. Und er hatte Hunger. Eine gefährliche Kombination. So lecker sie auch gewesen war, die Waffel hatte keinen echten Nährwert besessen. Im Geschäft ums Eck kaufte sich Mütze einen Strohhut gegen die Sonne, dann ging er zum Inselmetzger und bestellte sich ein Frikadellenbrötchen »mit drei Hüben Senf!« Und ein eisgekühltes Fläschchen Bier dazu. Damit setzte er sich auf eine Bank, aber es wollte ihm nicht richtig schmecken. Wenn mal was schieflief, dann auch richtig. Keine Infos zu den Handykontakten der Toten, keine DNA-

Spuren, kein Harry. Er war gerade dabei, sich missmutig die Finger wieder sauber zu lutschen, da dröhnte es aus seiner Brusttasche: »Olé, BVB ...« Ahsen. Er sei jetzt draußen am Zeltplatz, Harry sei nicht da, sei schon früh hinaus zum Strandsegeln.

»Is gut, Ahsen, danke«, knurrte Mütze, »um den kümmer ich mich selbst!«

Einer Aufforderung der Polizei nicht zu folgen, war eine Ungeheuerlichkeit. Manche Insulaner dachten wohl, sie stünden außerhalb des Gesetzes. Angeblich stammten die meisten ja von Strandräubern ab. Diesem Harry jedenfalls würde er zeigen, wo der Hammer hängt, diesem englischen Ostfriesen! Er wusste ja, wo der Kerl sich rumtrieb. Gerade als er sich auf den Weg machen wollte, tippte jemand Mütze auf die Schulter. Karl-Dieter!

»Steht dir gut, der Hut!«, lachte Karl-Dieter. »Wohin unterwegs?«

»Zum Strand.«

»Wunderbar! Da komm ich dich doch glatt begleiten! Moment, aber nicht so!«

Bei diesen Worten zog Karl-Dieter ein Papiertaschentuch hervor und wischte Mütze, bevor sich dieser wehren konnte, eine Senfspur aus dem Mundwinkel. Dann brachen sie auf. Das ABC-Geschwader habe sich zum Mittagsschläfchen verabschiedet, erzählte Karl-Dieter, der sich in einen schicken weißen Strandanzug geschmissen hatte. Morgen früh wollten sie zusammen einen Kurs der Kurverwaltung besuchen: Bilderrahmenbasteln mit Muscheln. »Ich habe versprochen, für die Muscheln zu sorgen.« Karl-Dieter wedelte mit einer leeren Plastiktüte. »Du hast doch nichts dagegen?«

»Solange du mich nicht in den Kurs mitschleppst!«, brummte Mütze.

Wieder nahmen sie den gewundenen Pfad durch die Dünen hindurch. Erste Urlauber kamen bereits vom Strand zurück, junge Familien hauptsächlich. Jedes Mal, wenn ein kleines Kind dabei war, lächelte Karl-Dieter melancholisch. Mütze spürte, woran er dachte.

»Karl-Dieter, tu mir einen Gefallen, schlag dir die Sache aus dem Kopf.«

»Ich hab doch überhaupt nichts gesagt!«

»Aber gedacht.«

»Denken wird doch wohl noch erlaubt sein.«

»Es wird nicht funktionieren!«

»Bei Walter und Rüdiger funktioniert's auch!«

»Walter musste zwei Jahre in Indien leben, hast du das vergessen? Dann der Ärger mit der gierigen Leihmutter! Willst du das alles etwa auch mitmachen?«

Karl-Dieter schwieg. Er wusste schon, dass es sehr schwierig wäre. Am leichtesten war es wohl noch, eine Eispenderin für ihren Samen zu finden. Auch eine indische Leihmutter, die das Kind austrug, wäre angeblich kein Problem. Es waren die deutschen Behörden, die hohe Hürden auftürmten. Selbst wenn Mütze endlich einer eingetragenen Lebenspartnerschaft zustimmte, würde es nicht viel leichter werden. Aber diesen kleinen Gefallen tat Mütze ihm nicht. Dabei wäre allein das Fest schon ein Ereignis. Wie schön musste es sein, sich vor aller Welt ewige Treue zu schwören! Der Standesbeamte würde eine rührende Rede halten, und wenn er dann die Stimme senkte und von den guten und den schlechten Zeiten spräche, würde es ihm heiß und kalt über den Rücken laufen. Die ganze Dortmunder Oper und Mützes Kollegen würden vor dem Standesamt Spalier stehen und sie mit Reis bewerfen, und anschließend würden sie im Dortmunder U, hoch über den Dächern der Stadt, eine Riesenfete feiern. Was für ein Traum!

Mützes Gedanken waren weniger poetisch. Ihm hing noch die Begegnung mit Frau Knutsen nach. Die Art, wie sie ihn angestarrt hatte, als er sich nach dem Zustand ihrer Ehe erkundigt hatte, dieser hasserfüllte Blick. Für jeden war es eine Riesenbelastung, wenn die Partnerschaft in die Brüche ging, auf einer Insel wie Spiekeroog aber musste es die Hölle sein. Wo sollte man sich denn hier aus dem Weg gehen, wo sich zerstreuen? Ob man wollte oder nicht, ständig lief man sich doch über den Weg. Auch getrennte Schlafzimmer konnten da nicht helfen. Wenn Liebe in Hass umschlägt, dann war der Mensch zu allem fähig. Davon konnte Mütze ein Lied singen. Auch der Mord in der Oper, als er Karl-Dieter kennengelernt hatte, war eine solche Beziehungstat gewesen. Die alternde Sopranistin hatte es nicht verkraftet, dass ihr jugendlicher Heldentenor ständig den jungen Sängerinnen hinterherlief, da hatte sie ihm eine raffinierte Falle gestellt. Alles hatte nach einem Unfall ausgesehen, aber Mütze hatte sie überführen können. Ob auch der Mord an Antje Söring auf Eifersucht gründete? Ob vielleicht nicht Fidel Castro, ob stattdessen seine Frau ...? Nein, den Gedanken fand Mütze dann doch zu abwegig. Gut, kräftig genug für eine solche Tat schien Frau Knutsen zu sein. Aber der entscheidende Punkt war, Fidel Castro hatte kein Verhältnis mit Antje Söring gehabt. Jedenfalls sprach nichts dafür. Woher sollte also die Eifersucht kommen? Er durfte sie zwar nicht aus den Augen verlieren, verdächtiger waren jedoch ihr Mann, einer der Schüler aus dem Muschelhaus oder eben dieser Harry.

Sie waren am Strandcafé angelangt. Hier war der Treffpunkt der Badegäste, hier wuselte alles durcheinander, versorgte sich mit Getränken, Pommes und Eis, suchte die Toiletten auf oder wusch sich unter spritzenden Wasserhähnen den Sand von den Füßen. Oben über der letzten Düne, dort, wo in einem hölzernen Wagen die Strandkörbe vermietet wurden, klebte über der hohen Uhr ein Würfel am Himmel: »Inselbote – Kleine Zeitung am Strand ganz groß«.

»Respekt, eine eigene Inselzeitung«, dachte Mütze, »für die paar Pinguine hier.«

Sie nahmen die rechte Rampe, die in Richtung der Ostplate führte. Dort, nur dort konnte Harry herumflitzen. Am Badestrand war kein Platz und eine solch riskante Aktivität außerdem verboten. Auf dem Strandabschnitt, den sie passierten, herrschte das friedlichste Urlaubsleben. Auch die Kinder schienen hier viel entspannter miteinander umzugehen als anderswo. Nirgends hörte man Zank oder Geschrei. Unten an der Wasserlinie waren Väter und Söhne damit beschäftigt, Burgen gegen die Flut zu bauen, über mehrere Netze flogen die Volleybälle, viele Urlauber lagen nur faul im Sand oder waren in ihre Bücher vertieft, andere warfen bunte Kugeln oder ploppten sich mit Holzbrettchen kleine Bälle zu. Mütze und Karl-Dieter marschierten immer weiter geradeaus, bis sie auch an den abseitsstehenden Strandkörben der Hundebesitzer vorbei waren, dann bogen sie ab und gingen zum Meeressaum hinunter. Karl-Dieter sammelte mit kindlicher Begeisterung die hübschen Schalen, bis Mütze meinte, nun könne er aber aufhören, das reiche ja aus, um die Südtribüne des Westfalenstadions zu bekleben. Er sagte immer noch Westfalenstadion zum Stadion des BVB, an einen anderen Namen wollte er sich nicht gewöhnen.

Mit prall gefüllter Plastiktüte liefen sie weiter am Meer entlang, während die Wellen frech nach ihren Füßen züngelten. Der Wind hatte etwas aufgefrischt. Der Strand wurde zunehmend breiter und einsamer. Nur noch gelegentlich kam ihnen das ein oder andere Pärchen entgegen, viele im bunten Partnerlook. Niemals würde Mütze Partnerlook tragen, dachte sich Karl-Dieter. Dabei war das doch ein schönes Zeichen der Zusammengehörigkeit. Solche Dinge waren keinesfalls nur Äußerlichkeiten, in ihnen drückte sich eine innere Einstellung aus. Mütze sah das anders. Er hatte nichts für Symbole übrig, machte gerne auf Individualist. Klar, er war der harte Kommissar. Auch das war eine Rolle, und diese Rolle forderte, dass man bestimmte Klischees bediente. Es war ja nicht gegen ihn gerichtet. »Das Sein bestimmt das Bewusstsein«, seufzte Karl-Dieter still.

Während Karl-Dieter sich vom Spiel der Wellen faszinieren ließ, von ihrem nie nachlassenden Drang, das Land zu erobern und der Erkenntnis, doch immer wieder von ihm lassen zu müssen, hielt Mütze seinen Blick unverwandt geradeaus gerichtet. Plötzlich blieb er stehen. Da vorne! Er hatte ihn entdeckt! Harry the Hawk! Kein Zweifel, das musste er sein! Hinten am Horizont, mitten auf der weiten, im Sonnenlicht flirrenden Sandfläche kam ihnen eine Fata Morgana entgegen. Eine flache Seifenkiste, gezogen von einem sich gewaltig bauschenden Drachen. Schnurstracks ging Mütze nun weiter, direkt auf das rasende Fahrzeug zu. Je näher er kam, desto mehr nahm er die immense Geschwindigkeit wahr, mit dem ihm die Seifenkiste da entgegenzischte.

Mütze wedelte mit beiden Armen, machte Zeichen, die Kiste zu stoppen. Der Fahrer aber schien nicht daran zu denken. Trotzig hielt er seinen Kurs, und statt seine Fahrt zu verlangsamen, stachelte er seinen Drachen erst richtig an. Mütze blieb unbeeindruckt, stellte sich ihm breitbeinig entgegen, die Arme weit ausgebreitet. Karl-Dieter stockte der Atem. War der Fahrer verrückt? Was sollte denn das? Der Kerl dachte nicht daran, seinen Kurs zu ändern, hielt voll auf Mütze drauf, und wäre dieser nicht im letzten Moment zur Seite gehechtet, er hätte ihn voll auf die Hörner genommen. Karl-Dieter lief Mütze sogleich zur Hilfe, besorgt, der Freund könnte sich verletzt haben. Mütze aber sprang sofort wieder auf und klopfte sich den Sand von den Klamotten. Fluchend sah er der Kiste hinterher, die kleiner und kleiner wurde.

»Na warte, dir werde ich's zeigen«, schimpfte er.

»Wer war das?«, fragte Karl-Dieter.

»Der größte Idiot von Spiekeroog!«

Dann lief er seinem Strohhut hinterher, den der Wind wie zum Hohn auf Harrys Spuren davonwehte. Als er wieder zurück bei Karl-Dieter war, ging Mützes Handy. Susi war dran. Sie entschuldigte sich, es habe doch etwas länger gedauert, aber sie habe interessante Neuigkeiten.

»Erzähl!«, sagte Mütze.

»Bei sechs der überprüften Namen haben wir nichts Spannendes gefunden. Bis auf Kinkerlitzchen und die versuchte Brandstiftung eines Knaben. Einer aber hat mehr auf dem Kerbholz, Sören Pasewalk. Schwere Körperverletzung und eine versuchte Vergewaltigung. Und nun rat mal wo?«

»Mach's nicht so spannend, Susi!«

»Bei uns in Dortmund, am Ufer des Phoenixsees! Mütze, bist du noch dran?«

»Ich höre, Susi!«

»Noch eine Neuigkeit gibt's!«

»Welche?«

»Moritz fängt bei uns an!«

»Du spinnst!«

»Nächsten Monat schon!«

Mütze bedankte und verabschiedete sich hastig. Ob Karl-Dieter was mitbekommen hatte? Zum Glück nicht, er war immer noch damit beschäftigt, der wild gewordenen Seifenkiste hinterherzustarren.

»Hast du deine Knarre dabei?«, fragte Karl-Dieter.

»Wieso?«

»Spätestens am Badestrand muss er wieder umkehren, dann schnappen wir ihn uns!«

»Lass gut sein«, sagte Mütze. »Ich muss noch ein wenig weiter in diese Richtung. Kommst du mit?«

Mütze war froh, dass Karl-Dieter der Weg zum Muschelhaus zu weit erschien und er lieber umkehrte. Das Deichlamm war ja noch zu schmoren und der Rotwein zu besorgen. So verabschiedeten sie sich, und Mütze stapfte allein weiter, nun auf die Dünen zu, wo eine Holzbake den Durchgang anzeigte.

Moritz, der süße Praktikant! Die defekte Klimaanlage, die Bierchen, der Deckenventilator ... Wie lange mochte das her sein? Drei Jahre, vier Jahre? Moritz wusste doch genau, dass Mütze immer noch bei der Dortmunder Kripo malochte. Warum hatte er sich trotzdem auf die freie Stelle beworben? Oder ob das gerade seine Absicht gewesen war? Ob er weiter seine

Nähe suchte? Sie hatten doch seit der kurzen Sache damals keinen Kontakt mehr gehabt. Mütze drückte sich seinen Hut tiefer in die Stirn. Das würde Ärger geben!

Sara Roggenkorn saß in ihrem Büro und schien nicht sonderlich erfreut, den Kommissar wiederzusehen. Mütze nahm seinen Strohhut ab und blieb vor ihrem Schreibtisch stehen.
»Was können Sie mir zu Sören Pasewalk sagen?«
»Nur Gutes!«
»Wo war Sören Pasewalk am Morgen des Tattages?«
»Wo wird er schon gewesen sein? Nach dem Aufstehen beim Frühstück, dann in der Schule.«
»Gibt es dafür Zeugen?«
»Seine Lehrer und die Mitschüler. Wir frühstücken hier nämlich gemeinsam.«
»Wann wird das Frühstück eingenommen?«
»Um sieben.«
Mütze schaute zum Fenster hinaus, der Blick ging auf ein kleines Krüppelkiefernwäldchen, alle Bäume duckten sich wie geprügelte Hunde vor dem Wind. Fidel Castro hatte die Leiche um sieben Uhr gefunden. Es musste von hier aus ein Leichtes sein, zumal für einen jungen Mann, in einer Viertelstunde vom Muschelhaus dorthin zu laufen. Und wieder zurück.
»Schlafen die Schüler allein?«
»Nein, zur Stärkung der Gemeinschaft haben sich Doppelzimmer bewährt.«
»Wer teilt sich mit Sören das Zimmer?«

»Hanno Schmidt.«

»Können Sie bitte zunächst Sören Pasewalk zu mir bringen?«

»Ungern, sie haben jetzt Gewässerkunde.«

»Und wenn ich *bitte* sage?«

Sören Pasewalk war ein hochgewachsener junger Mann mit zahlreichen Piercings im Gesicht. Mütze bat die Direktorin, sie kurz allein zu lassen.

»Herr Pasewalk, wo waren Sie in der Nacht von Montag auf Dienstag?«

»Im Bett.«

»Wann sind Sie aufgestanden?«

»Als ich ausgeschlafen hatte.«

Mütze gab sich Mühe, den schnoddrigen Tonfall zu überhören.

»Wann war das?«

»So gegen halb sieben.«

»Und dann?«

»Waschen, anziehen, Cornflakes knabbern.«

Als nächstes bat Mütze die Roggenkorn, Hanno Schmidt zu holen. Hanno Schmidt, ein Junge mit langen blonden Locken und blassem Gesicht, bestätigte alle Angaben. Sören sei die ganze Nacht im Zimmer gewesen, gemeinsam seien sie zum Frühstück gegangen. Nein, nichts Besonderes sei ihm an Sören aufgefallen. Mütze bedankte sich und schickte ihn zurück in den Unterricht. Sara Roggenkorn schien an der Tür gelauscht zu haben, jedenfalls war ihr die Erleichterung ins Gesicht geschrieben, ja, sogar einen gewissen Triumph schien Mütze in ihrem Lächeln zu bemerken.

»Sie wollen sich schon verabschieden? Aber Sie haben die anderen sieben doch noch gar nicht verhört!«

Mütze wählte den Weg durch die Dünen zurück. Das Alibi war einwandfrei und wasserdicht. Da gab es nichts dran zu rütteln. Sein Instinkt sagte ihm zudem, dass es nichts brachte, die übrigen Schüler zu vernehmen. Mütze war durch die Begegnung mit Sören und Hanno eher überzeugt, dass jemand anders hinter der Tat steckte. Konnte ein Schüler so brutal sein? Aber die Liste seiner Verdächtigen war mehr als dürftig, das musste er sich eingestehen. Harry the Hawk? Vermutlich nur ein ganz normaler Spinner. Fidel Castro? Er war am Tatort gewesen, aber das war auch schon das Einzige. Nicht jeder, dessen Ehe kriselte, war so notgeil, dass er junge Frauen umbrachte. Wenn man nur eine DNA-Spur hätte! Dann wäre alles ein Kinderspiel. Ließe sich damit keiner der Verdächtigen überführen, wäre es hier ein Leichtes, Vergleichsmaterial zu bekommen und dadurch den Mörder zu fassen. Ging man nämlich davon aus, dass der Mörder ein Insulaner war, dann kamen nur achthundert Menschen in Frage. Davon die Frauen subtrahiert, blieben gerade mal vierhundert und nur noch zweihundert, wenn man die Kinder und Greise wegließ. Ein kleiner, feiner Massengentest, zweihundert Mundschleimhäute abgestrichen, und schon wäre der Täter überführt! Zu dumm, dass es keine DNA-Spuren gab!

Erneut fing das Handy an zu grölen. Ahsen. Er habe ihn! Ja, Harry the Hawk sei bei ihm auf der Wache! Nein, er sei freiwillig erschienen. Um eine Straftat anzuzeigen!

Keine Viertelstunde später stürmte Mütze in die Polizeistube. Harry the Hawk war ein kleines, lebhaftes Kerlchen, das sich aufführte wie Rumpelstilzchen. Er wolle sein Recht, man solle den Gangster sofort verhaften, er verlange Schadensersatz und Schmerzensgeld. Mutwillig und heimtückisch habe man ihm seine Leinen durchschnitten. Als er von seinem kleinen Bad in den Wellen zurückgekommen sei, habe er sein Segel davonwehen sehen, hinaus auf das weite Meer! Irgendein gemeiner Gangster sei das gewesen, Zeugen hätten ihn gesehen, der Schurke habe einen weißen Strandanzug getragen. Such a mean boy!

Mütze musste schmunzeln, zwang sich aber zur Ernsthaftigkeit und ging in die Offensive.

»Kommissar Mütze. Wir kennen uns ja bereits!«

»Wieso sollten wir uns kennen?«

»Na, überlegen Sie mal«, sagte Mütze und setzte seinen Strohhut auf.

»Sie sind der Wahnsinnige, der sich mir in den Weg gestellt hat!«

»Sie sind der Wahnsinnige, der mich über den Haufen fahren wollte!«

So ging es eine Weile hin und her. Harry sah es überhaupt nicht ein, klein beizugeben und lamentierte weiter, bis Mütze der Kragen platzte.

»Harry, Sie sind verhaftet! Wegen Angriffs auf die Staatsgewalt!«

Nun glotzte der Engländer, der akzentlos Deutsch sprach, Mütze verblüfft an. Und Mütze nutzte die Verblüffung. »Was haben Sie Dienstagmorgen gemacht?«

»Dienstagmorgen?« Harry stutzte und überlegte eine Weile. »Ich war mit der Kiste unterwegs.«

»Wie weit?«

»Wie weit? So weit wie immer, bis zur Ostplate.«

»Um welche Uhrzeit genau?«

»Ich hab keine Uhr.«

»Ist Ihnen jemand begegnet?«

»Nicht, dass ich wüsste. Andere Strandmenschen sind mir egal.«

»Was ich bestätigen kann«, sagte Mütze.

»O my God, Herr Kommissar, es tut mir leid, ehrlich leid. Aber ich hab mir gedacht, so ein Idiot, warum stellt er sich mir in den Weg. Ich hatte doch keine Ahnung!«

»Tja, Harry, Pech gehabt! Kannten Sie Antje Söring?«

»Antje Söring?«

»Die tote Eisverkäuferin.«

Harry wurde blass. »Sie wollen mir doch keinen Mord anhängen?«

»Ich hänge niemandem was an. Kannten Sie Frau Söring?«

»Hören Sie, sie war ein paarmal im Laramie, mehr aber auch nicht.«

»Haben Sie Frau Söring am Dienstagmorgen am Strand getroffen?«

»Was soll das? Ich habe doch gesagt, dass ich niemanden gesehen habe! Kann ich jetzt gehen?«

»Sie wollten doch noch etwas anzeigen.«

»Vergessen Sie's!« Harry stürmte zur Tür hinaus.

Ein erster Bericht der Spurensicherung war per E-Mail auf Ahsens Computer gelandet. Man hatte ein paar Fingerabdrücke in der Wohnung gefunden, die nicht der Toten zuzuordnen waren, aber auch im AFIS, dem Automatischen Fingerabdruckidentifizierungssystem, nicht auftauchten. Die Untersuchung der Festplatte hatte nichts Verdächtiges ergeben.

Mütze rieb sich über das Kinn. Antje Söring schien das vollkommen normale Leben einer jungen Frau gelebt zu haben. Alles deutete auf einen Gelegenheitsmord hin, auf einen Täter, der sich der nackten jungen Frau heimtückisch genähert hatte, um sie zu vergewaltigen. Sie hatte sich gewehrt, der Mörder hatte die Panik bekommen und sie bei der Gurgel gepackt. Um die Tat als Raubmord darzustellen, hatte der Täter das Handy mitgehen lassen. Und um eine falsche Fährte zu legen, hatte er dann die Drohbotschaft verfasst. Ja, Mütze war überzeugt, so musste es gewesen sein. Weder Fidel Castro noch Harry, die ahnen mussten, dass sie zum Kreis der Verdächtigen zählten, wären so idiotisch gewesen zu glauben, ihren Häscher durch solch plumpe Drohungen verjagen zu können. Der Täter musste sich ziemlich sicher fühlen, servierte ihm sogar den fehlenden Schuh. Eine Demonstration der Macht. Er glaubte, unter dem Radar zu fliegen, und so hatte er sich diesen dreisten Spaß erlaubt. Mütze gab der hässlichen Holzmöwe einen weiteren Stups. Es war zum Mäusemelken. In welche Richtung sollte er weiter ermitteln? Was, wenn die noch anstehenden Befragungen der frustrierten Frau Knutsen nichts erbrachten? Was, wenn es doch ihr Mann gewesen sein sollte, man ihm aber nichts nachweisen konnte? Das gleiche galt für den verrückten Engländer. Keine Zeugen, keine Spuren, nichts. Nur Vermutungen und ein Stochern im Nebel.

Als Mütze die Ferienwohnung betrat, duftete es köstlich. Der Lammbraten! Karl-Dieter aber stand nicht etwa in der Küche, sondern saß an dem kleinen Wohnzimmertisch und malte auf weißem Karton hingebungsvoll ein großes rotes Herz.

»Du bist verhaftet«, sagte Mütze mit strengem Blick.

»Warum?« Karl-Dieter blickte von seiner Bastelarbeit auf.

»Wegen schwerer Sachbeschädigung! Gestehe, dass du dem armen Harry sein Spielzeug zerstört hast!«

Karl-Dieter musste kichern. Ja, er gestehe alles. Aber der Pistenjunkie habe es auch nicht anders verdient. Dem müsse man sein Handwerk legen. Unschuldige

Passanten über den Haufen zu fahren, damit sei jetzt Schluss. Als er auf dem Weg zurück am Strand den verwaisten Segelrennwagen gesehen habe, habe er spontan sein kleines Taschenmesser gezückt und die Seile gekappt. Dass darauf das Segel weggeflogen sei, habe er nicht gewollt, aber jetzt sei es nun mal futsch.

»Wann gibt's Essen?«, wollte Mütze grinsend wissen.

»Das Lamm wird noch eine halbe Stunde brauchen«, sagte Karl-Dieter. Es müsse sehr langsam im Ofen schmoren. Mit Rosmarin und einem italienischen Merlot. Niedrigtemperaturgaren, was Gesünderes gäbe es nicht.

Mütze blickte auf das große Herz und war gerührt, doch Karl-Dieter musste ihn enttäuschen.

»Das Herz ist nicht für dich.«

»Für wen dann?«

»Für Tante Dörte!«

Tante Dörte! Sie war Karl-Dieters Ersatzmutti, bei ihr war er groß geworden. Und heute hatte sie Geburtstag, da hatte sich Karl-Dieter etwas ganz Besonderes ausgedacht.

»Willst du ihr das Herz schicken? Das kommt doch nicht mehr pünktlich an!«

»Abwarten«, sagte Karl-Dieter. Er malte noch mal die Konturen dick nach und betrachtete dann zufrieden sein Werk. »So fertig, wir können gehen!«

Mütze versuchte, sich zu wehren, aber Karl-Dieter ließ keine Ausflüchte gelten. Mütze müsse unbedingt mitkommen. Sonst würde er ihm den ganzen Urlaub zerstören. Tante Dörte habe schließlich so viel für sie getan, ja, auch für Mütze! Ob er ihren gehäkelten Bettvorleger schon vergessen habe, den mit dem hübschen, nackten Amor drauf? Mütze hatte das Teil noch nie gemocht, aber Karl-Dieter zuliebe kam er mit. Hoffentlich würde es nicht zu viele Zeugen geben!

Zeugen aber gab's en masse. Um die Ecke, beim Pavillon am Dorfplatz, saßen Jung und Alt beisammen, die meisten waren damit beschäftigt, eine Waffeleistüte zu verdrücken. Einen schlimmeren Ort zu einer schlimmeren Zeit hätte Karl-Dieter nicht wählen können, fand Mütze. Karl-Dieter hatte den Platz, auf dem sie sich beide aufstellen mussten, exakt ermittelt. Er bestand darauf, dass sich Mütze genau neben ihn stellte, und wies ihn dann auf einen Punkt rechts neben dem Giebel des Rathauses hin.

»Dort ist die Webcam, bitte jetzt genau in die Richtung schauen und lächeln!«

Bei diesen Worten hielt Karl-Dieter das große rote Herz vor sich und Mütze und strahlte wie ein Honigkuchenpferd zum Dach empor, während der ganze Platz amüsiert zuschaute. Mütze wäre am liebsten im Boden versunken.

Daheim klappte Karl-Dieter sogleich seinen Computer auf, doch als er gefunden hatte, wonach er suchte, war er schwer enttäuscht. »Mensch, Mütze! Was ziehst du denn für eine Fleppe! Ich hab doch gesagt, du sollst lächeln!«

Trotzdem griff Karl-Dieter zu seinem Handy, gratulierte Tante Dörte und bat sie, doch mal »Spiekeroog Webcam Rathaus« zu googeln. Ihren Entzückungsschrei konnte selbst Mütze vernehmen. Was aber denn mit seinem Auge passiert sei, wollte sie besorgt wissen. Karl-Dieter beruhigte sie. Das sei nur ein Insektenstich. Dabei zwinkerte er Mütze mit seinem Veilchen zu. Dann trug er das Lamm auf. So ein echtes ostfriesisches Deichlamm, sozusagen ein geschmorter Landschaftspfleger, denn das Schaf hatte mit seinem Grasen dafür gesorgt, die Stabilität der Deiche zu sichern.

»Ja, ja«, seufzte Mütze, »so geht's den verdienten Staatsdienern. Am Ende werden sie nicht mehr gebraucht und in die Pfanne gehauen.«

Das Lamm duftete wirklich vorzüglich, und wenn es ein besserer Tag gewesen wäre, hätte es Mütze sicher auch geschmeckt. Aber so? Dennoch. Karl-Dieter hatte sich ein Dankeschön verdient und so lud Mütze ihn noch in das Inselhotel gegenüber ein. Die zauberhafte »Linde« war ein über einhundertfünfzig Jahre altes Haus mit bunt schimmernden Scheiben im Dachgiebel, das sich seinen freundlichen Charme bewahrt hatte. Beidseits des alten Baumes leuchteten helle Veranden und hinter den Sprossenfenstern saßen im Kerzenschein die Gäste und ließen es sich schmecken. Die beiden Freunde zogen beim Eintreten die Köpfe ein, um nicht an die ausladenden, dicken Äste der Linde zu stoßen, und verschwanden dann im hinteren Teil der Gaststube, in der Bar »Kap Hoorn«. Sie setzten sich an den Kartentisch, der so hieß, weil unter der gläsernen Tischplatte eine Seekarte von Spiekeroog zu sehen war.

Ein Absacker war jetzt genau richtig. Mütze bestellte sich ein Gedeck, ein Pils mit einem Küstennebel. Karl-Dieter sagte nichts dazu, spürte er doch, dass Mütze unzufrieden war. Er selbst wählte ein Gläschen Port, an dem er genussvoll nippte, während sie über den heutigen Tag sprachen. Mütze war ehrlich. Er schilderte dem Freund die ganze Misere. Karl-Dieter nickte verständnisvoll, auch dann noch, als Mütze sich ein zweites Gedeck bestellte. Überhaupt alles hatte ihn heute genervt. Dieser Harry und auch diese überhebliche Rektorin, diese Roggenkorn.

»Du hättest sie sehen sollen. Dieser spöttische Gesichtsausdruck, als sie mich gefragt hat, ob ich nicht auch die anderen sieben noch verhören wolle.«

»Wieso sieben? Die anderen sechs wolltest du sagen.«

Mütze blickte Karl-Dieter an. Dann griff er wortlos in seine Hosentasche und zog den verknitterten Zettel hervor. Karl-Dieter hatte Recht! Wieso war ihm das entgangen? Es standen doch nur sieben Namen auf der Liste. Ob sich diese Roggenkorn versprochen hatte? Vermutlich. Die schien manches durcheinanderzubringen. Das zweite Gedeck kam, Mütze stürzte den Küstennebel hinunter und löschte das entstandene Feuer in der Kehle mit einem tiefen Schluck aus dem Pilsglas. Man konnte es drehen und wenden, wie man wollte, ohne Zeugen, ohne DNA-Spuren standen sie auf verlorenem Posten. Wenn nicht noch ein Wunder geschähe, konnten sie in Kürze die Zelte abbrechen und nach Hause fahren. Es war zum Verzweifeln! Leichter durfte ein Mord doch nicht zu klären sein als auf einer solch kleinen, übersichtlichen Insel! Selbst, wenn es kein Insulaner gewesen sein sollte, sondern ein Tourist, blieb doch alles äußerst überschaubar, bekam man den Mörder quasi auf dem Tablett präsentiert. Ideale Bedingungen für jeden Ermittler. Ein Mord in einer Großstadt wie Dortmund war doch eine ganz andere Nummer.

Karl-Dieter sah ihn mitfühlend an. Wenn er ihm doch nur helfen könnte! Klar, Mütze verbat sich jede Einmischung, okay, okay. Aber wenn man es geschickt anstellte ... Bloß wie?

Mütze schob sein leeres Schnapsglas auf der Seekarte hin und her, um es dann mit einem Ruck dorthin zu stellen, wo man die Tote gefunden hatte.

»Der Täter kann nur zwei Wege genommen haben«, er klopfte mit dem Glas auf die Tischplatte, »er muss von Westen gekommen sein, entweder direkt am Strand entlang oder über den Dünenweg. Aber nicht von der großen leeren Sandwüste von Osten und auch nicht übers Watt im Süden.«

»Und was ist mit dem Norden?«, fragte Karl-Dieter und deutete auf das Meer.

»Guter Witz! Du meinst einen dieser Tankerkapitäne! Sieht mit seinem Feldstecher die nackte Schöne und stürzt sich ins Meer, um zu ihr rüberzuschwimmen!«

»Denk an Odysseus und die Sirenen.«

»Sirenen? Was haben Sirenen damit zu tun?

»Sirenen sind verführerische Frauen!«

»Kenn ich keine!« Mütze setzte ein müdes Grinsen auf und bestellte trotz Karl-Dieters strengem Blick noch ein drittes Gedeck. »Schau nicht wie ein Sauertopf«, brummte er.

Mit dem richtigen Alkoholspiegel im Blut waren ihm schon oft die besten Ideen gekommen. Aber es gab noch einen zweiten Grund, warum er heute Schnaps brauchte. Moritz. Einmal in all den vielen Jahren hatte er Karl-Dieter betrogen. Wobei das Wort Betrug schon viel zu hoch gegriffen war. Es war an einem späten Sommerabend gewesen, auf der Wache, alle anderen waren längst zu Hause, bis auf ihn. Und Moritz, den Praktikanten. Ein Bericht war noch zu schreiben gewesen, die Klimaanlage war mal wieder verreckt, und Mütze hatte eine irre trockene Kehle gehabt. Da hatte Moritz vom Kiosk ums Eck einige kalte Bierchen für sie geholt. So hatte das Unglück seinen Lauf genommen. Wobei, auch das Wort Unglück war nicht wirklich passend. Mütze schüttete den dritten Friesengeist hinunter. Egal, es lohnte sich doch nicht, sich erneut an alle Einzelheiten zu erinnern, daran, wie er auf den Tisch gestiegen war, um den alten Deckenventilator wieder in Gang zu setzen, daran, wie Moritz diese Situation dreist ausgenutzt hatte. Jedenfalls war Karl-Dieter fast vom Glauben abgefallen, als er davon erfuhr. Die Hitze, die defekte Klimaanlage, die Bierchen, den alten Deckenventilator – nichts hatte Karl-Dieter als Entschuldigung gelten lassen. Erst der dritte Strauß roter Rosen hatte ihn wieder einigermaßen milde gestimmt, und er hatte ihm verziehen. Dennoch, der böse Keim des Misstrauens war geblieben. Und nun würde er Karl-Dieter beibringen müssen, dass es diesen Moritz noch gab, ja, dass er bei ihnen im Dortmunder Kommissariat anfangen würde! Wie sollte er das nur anstellen? Mütze goss das Bierchen hinunter und wollte sich noch ein viertes Gedeck bestellen.

»Du, schau mal«, sagte Karl-Dieter plötzlich und wies unauffällig nach hinten in die Tiefe des Raums. An einem Tisch dort saß Knutsen ins Gespräch vertieft mit einem anderen Mann. Der andere Mann war Harry.

Freitag

Mütze fühlte sich gar nicht gut. Als er sich aus den Kissen erhob, rumorte es gewaltig hinter seiner rechten Schläfe. »Erst mal 'nen Kaffee!« Auf dem Küchentisch war alles liebevoll hergerichtet, die Thermoskanne stand bereit, und als er das umgestürzte Schälchen von seinem Teller aufhob, kamen zwei Spiegeleier mit Speck zum Vorschein. Karl-Dieter war schon aus dem Haus. Mütze fasste sich an die Stelle, wo es schmerzte. Wohin wollte Karl-Dieter noch gleich? Richtig, zum Muschelbilderrahmenbasteln! Mit dem ABC-Geschwader. Na, dann viel Spaß! Am liebsten hätte sich Mütze nach dem Frühstück gleich wieder hingelegt. Auch unter seinem linken Rippenbogen schmerzte es. Dieser Schmerz war Mütze vertraut. Ob ihm Karl-Dieter heute Nacht wieder den Ellenbogen reingerammt hatte? Das machte er manchmal, angeblich, wenn ihn das Geschnarche nervte. Dabei schnarchte er doch gar nicht!

Mütze brühte sich noch einen zweiten Kaffee auf. Es half ja alles nichts, er musste die Ermittlungen anständig weiterführen, selbst, wenn dabei nichts rauskam. Hilfe von seinen ostfriesischen Kollegen war vorerst nicht zu erwarten. Die saßen alle noch auf der Schüssel.

Lange hatten sie gestern im Bett noch diskutiert. Klar, das war schon merkwürdig gewesen, Fidel Castro und Harry an einem Tisch. Was mochten sie nur besprochen haben? Ob sie vielleicht gemeinsam etwas mit dem Mord zu tun hatten? Beide waren sie am Dienstagmorgen am Tatort gewesen, beide aber behaupteten, keinen Menschen gesehen zu haben. Wenn das gelogen war? Wenn sie sich durchaus getroffen hatten? Wenn einer den anderen dabei beobachtet hatte, wie er die Nackte ermordet hatte? Und den anderen nun damit erpresste? Aber warum sollten sie sich dann in der Linde treffen, vor den Augen aller Insulaner? Was man hatte erkennen können, dass die beiden durchaus lebhaft miteinander disputiert hatten. Dennoch, das ergab alles keinen Sinn. Nein, ein Erpresser ging anders vor, äußerst vorsichtig, legte Wert auf größtmögliche Diskretion. Und selbst wenn, was wollten sie schon voneinander erpressen? Sah nicht so aus, als ob einer von ihnen ein besonderes Vermögen besäße. Harry lebte wie ein Eremit in seinem Zelt, und Fidel Castro war sicher auch kein Rockefeller. Wiewohl, man konnte sich täuschen. Die alte Schüpphaus in der Hörder Wohnung unter ihnen sah aus wie eine Sozialhilfeempfängerin, dabei gehörten ihr drei Mietskasernen in bester Lage. Mütze beschloss, die Vermögensverhältnisse der beiden überprüfen zu lassen. Das konnte Ahsen übernehmen, dann hatte er was zu tun. Er selbst würde ein weiteres Mal Frau Roggenkorn aufsuchen, seine spezielle Freundin. Wegen der Liste. Mütze verzog den Mund. Dass Karl-Dieter das aufgefallen war und ihm nicht!

Sara Roggenkorn unterrichtete gerade und war erkennbar verärgert, von Mütze dabei gestört zu werden. Sie bat einen Schüler nach vorne, die Stunde für sie fortzusetzen, sie sei gleich wieder da. Als sie Mützes Bitte vernahm, schüttelte sie ungläubig den Kopf. Dann ging sie wütenden Schritts mit ihm zu ihrem Büro, warf ihren Computer an und ließ ein Blatt ausdrucken.

»Hier, Herr Kommissar, passen Sie aber diesmal besser darauf auf! Ich habe keine Lust, jeden Tag für Sie die Sekretärin zu spielen!«

Mütze überflog den Ausdruck. Dann zog er seinen zerknitterten Zettel hervor und strich ihn neben dem frischen glatt. – Mensch, Karl-Dieter! Volltreffer!

»Schauen Sie mal«, sagte er zu der Rektorin, die der Aufforderung nur missmutig nachkam. »Sehen Sie das?«

Die Rektorin starrte verwirrt auf die beiden Zettel. »Da fehlt ein Name.«

»Exakt. Und zwar dieser hier!«

Ludwig Öhrenfeld. Wie konnte es sein, dass er von der Liste verschwunden war? Die Rektorin ließ sich in ihren Stuhl fallen. Sie hatte keine Erklärung. Die Liste hier, also die mit den acht Namen, sei genau die gleiche, die sie Mütze geschickt habe. Warum der Name von Ludwig fehle, sei ihr vollkommen schleierhaft. Sie habe die Datei nicht mehr angerührt, es könne sich nicht um ein Versehen handeln. Nein, keiner der Schüler habe Zugang zu ihrem Büro, nein, es gebe keinen Zweitschlüssel. Es gebe nur eine Erklärung: Jemand hatte die beiden Namenslisten ausgetauscht.

»Wer hat die Liste gesehen?«

»Keiner! Ich hab sie sogleich in einen Umschlag gesteckt und ins Botenfach gelegt.«

»Ins Botenfach?«

»Ja, einmal am Tag nimmt der Hausmeister der Schule die Post mit in den Ort. Briefe ins Dorf stellt er persönlich zu. Das ist schneller und preiswerter.«

Mütze ließ sich das Botenfach zeigen. Es befand sich auf dem Flur, gleich neben dem Rektorat. Theoretisch konnte jeder den Umschlag herausgenommen und durch einen anderen ersetzt haben.

»Holen Sie mir diesen Ludwig!«

»Das ist nicht möglich.«

»Warum nicht?«

»Wir haben ihn gestern aufs Festland schicken müssen. Verdacht auf Blinddarmentzündung.«

Im Krankenhaus von Wittmund sagte man ihnen, es sei alles in Ordnung. Man habe den Wurmfortsatz erfolgreich entfernt, Herrn Öhrenfeld gehe es den Umständen entsprechend gut. Ob er bereits Besuch empfangen könne? Kein Problem. Er müsse allerdings noch einige Tage das Bett hüten.

»Bringen Sie mir nun bitte seinen Zimmerkameraden«, forderte Mütze die Rektorin auf.

»Auch das ist unmöglich«, sagte sie erschöpft.

»Warum?«

»Ludwig hat ein Einzelzimmer.«

»Wieso das?«

»Einer unserer Internatsplätze konnte nicht belegt werden.«

Mütze saß im Strandkorb und sah den Wellen zu. Wie schnell sich alles wenden konnte! Dennoch war er unzufrieden mit sich. Warum hatte ihn ausgerechnet Karl-Dieter auf die Unstimmigkeit mit der Anzahl der Namen aufmerksam machen müssen? Warum war ihm das nicht selbst aufgefallen? Und wer konnte Ludwig Öhrenfeld von der Liste gestrichen haben? Wer hatte Interesse daran? Er selbst? Dann musste er etwas zu verbergen haben. Ja, so musste es sein. Mütze hatte natürlich gleich Susi angerufen und sie gebeten zu recherchieren. Es lag kein Eintrag zu ihm vor, aber das bedeutete nichts. In Ludwigs Zimmer hatte er Computer und Drucker gesehen, die Tinte würde man untersuchen lassen, was aber sicher nur eine reine Formsache war. Er musste ziemlich abgebrüht sein. Oder im Gegenteil sehr nervös. Denn warum hatte er sonst eine Blinddarmentzündung bekommen? Das war doch kein Zufall. Mütze war überzeugt, er hatte den Täter! Heute am frühen Nachmittag würde er mit der ersten Fähre übersetzen und dann nach Wittmund fahren.

Mütze stand aus dem Strandkorb auf. Ein langgezogener Signalton kündigte den Beginn der Badezeit an. Zahlreiche Strandbesucher schienen bereits darauf gewartet zu haben und liefen nun freudig den Wellen entgegen. Alle staksten sie zunächst vorsichtig wie die Störche mit den Beinen im flachen Wasser herum, die Mutigen unter ihnen aber warfen sich bald mitten in die brandenden Wogen hinein. Mütze überlegte gerade, ob er sich auch die Socken abstreifen sollte, da erklang der BVB-Gesang. Ahsen.

»Herr Kommissar? Gut, dass ich Sie erreiche. Knutsen hat's erwischt.«

Am Hafen war wenig los. Nur die beiden kleineren Boote, die Spiekeroog III und die Spiekeroog IV lagen am Kai vertäut. An Bord der Spiekeroog III sah Mütze die beiden Kapitäne und Uwe, den Seehundexperten, im lebhaften Gespräch beieinander stehen. Ahsen erwartete ihn in der Nähe der Fahrkartenausgabe und winkte ihm zu.

»Moin Ahsen!«

»Moin, Herr Kommissar! Da drüben im Schuppen.«

Ahsen öffnete die grüngestrichene Stahltür, auf dem Boden des Schuppens lag ein durchnässter Haufen aus Papier und Pappe.

»Hat der Käpt'n der Spiekeroog IV eben herausgefischt. Mitten aus der Fahrrinne, etwa auf der Höhe des alten Anlegers.«

»Was ist das?«

»Ein Papierboot!«

Ahsen hob ein flappiges Pappteil hoch. Der Schriftzug »Titanic V« kam zum Vorschein, vom Salzwasser verschmiert, aber noch deutlich lesbar.

»Die Titanic war Knutsens Boot.«

»Boot? Und wo ist Knutsen?«

»Haben wir noch nicht gefunden. Der Käpt'n hat gleich einen Notruf abgesetzt, alle verfügbaren Boote und auch der Hubschrauber sind raus. Bis jetzt nichts.«

»Und wenn er ans Land geschwommen ist?«

»Bei der Strömung? Vergessen Sie's, Herr Kommissar! Bei dieser Wassertemperatur ist nach spätestens einer Stunde Schluss, selbst wenn er eine Rettungsweste getragen hätte.«

»Sind Sie sicher, dass Knutsen tatsächlich in diesem Papphaufen gesessen hat?«

»Hab mit seiner Frau telefoniert. Knutsen ist gegen zehn Uhr zu einer Testfahrt aufgebrochen.«

»Testfahrt?«

»Na, für die Papierbootregatta!«

»Papierbootregatta?«

Ahsen schüttelte den Kopf über so viel Unverständnis. Na, die berühmte Spiekerooger Papierbootregatta! Sie findet jeden Sommer im Spiekerooger Hafen statt. Nur aus Papier, Karton und Kleister dürfen die Boote bestehen, mit denen paddelnd ein Parcours zu überwinden ist. Ein Riesenspaß, viele gehen baden. Den Siegern winken schöne Preise, wichtiger aber ist das Prestige. Und so geben sich alle jede erdenkliche Mühe, an ihren Booten zu tüfteln. Knut Knutsen sei der ewige Zweite gewesen, was ihn schrecklich gefuchst habe. Ahsen habe munkeln gehört, der Knutsen bastle dieses Jahr an einer ganz neuen Idee.

»Völlig verrückt!« Mütze schüttelte den Kopf, Boote aus Papier, wie sollte das denn halten? Jedes

Aplerbecker Kleinkind lernte doch schon im Kindergarten, dass Papier kein Wasser vertrug.

»Alles eine Frage der Technik«, erklärte Ahsen, »wenn man den Kutter mit Pappe richtig versteift und anschließend mit einem wasserabweisenden Mittel bepinselt, hält er sich erstaunlich lange über Wasser.«

»Wenn Sie das sagen ... Wo ist Frau Knutsen?«

»Auf dem Weg hierher. Sie muss den traurigen Rest des Kahns ja identifizieren.«

In diesem Moment wurde die Schuppentür geöffnet, und ein sportlicher junger Mann klopfte gegen den Stahlrahmen: »Darf man eintreten? Jens Storm vom Inselboten!«

Der junge Journalist war bereits bestens informiert und erkundigte sich sogleich nach Knutsen. Als Ahsen mit den Schultern zuckte, nickte auch Storm betroffen.

»Da ist sein Ehrgeiz mit ihm durchgegangen«, sagte Storm, »beim letzten Mal hätte er es ja fast geschafft.«

»Kannten Sie ihn?«, fragte Mütze.

»Na klar, ich bitte Sie, als Inselredakteur! Wollen Sie sehen, mit welchem Boot er im letzten Jahr unterwegs gewesen ist?« Storm zog ein iPad aus der Tasche, wischte ein paar Mal darüber, dann erschien das Bild von einem schneeweißen Boot, in dem Fidel Castro zusammen mit einem anderen Mann paddelte, beide in Shorts, T-Shirts und mit Baseballkappen. Den anderen Mann kannte Mütze ebenfalls. Das war doch Harry!

»Richtig, Harry the Hawk. Sie kennen sich ja schon gut bei uns aus.«

»Ist Knutsen immer mit Harry gefahren?«

»Glaube nicht, warten Sie, ich hab auch die Fotos vom vorletzten Jahr im Kasten.« Erneute wischte der junge Redakteur über den Bildschirm und in kürzester Zeit leuchtete ein weiteres Foto auf. »Hier, schauen Sie!«

Mütze stockte der Atem. Auf dem Bild waren neben Knutsen drei junge Frauen zu sehen, die mit sichtlichem Spaß ihre Paddel eintauchten. Die Frau ganz hinten, das war Antje Söring! Kein Zweifel, das war sie, die tote Eisverkäuferin! Auch Ahsen blickte interessiert auf den Bildschirm.

»Jau, das is die Antje! Hab ich doch glatt vergessen, dass Antje mal zu Knuts Crew gehört hat.«

»Wer sind die beiden anderen?«

»Augenblick.« Ahsen kniff die Augen zusammen.

»Niki und Tina, zwei weitere Eisverkäuferinnen«, sagte Storm, »beide nicht mehr hier.«

»Richtig«, Ahsen nickte, »jetzt erinner ich mich. Haben uns noch darüber amüsiert und Knut gewarnt. Mit der Titanic unterwegs und Eisverkäuferinnen an Bord!«

»Titanic III« konnte Mütze am Schiffsrumpf lesen. Dieser Knutsen! Kein Wort hatte er davon erzählt! Ob da mehr gewesen ist, als nur diese harmlose Bootspartie? Ahsen und Storm aber schüttelten die Köpfe. Das hätte man erfahren. Leichter sei es, einen Wal mit einem Wurm zu fangen, als auf Spiekeroog einen Seitensprung zu verheimlichen. Auf Spiekeroog gebe es eben keine Geheimnisse.

»Mit wem wollte Knutsen denn dieses Jahr die Regatta fahren?«

Auf diese Frage wussten weder Ahsen noch Storm eine Antwort. Vielleicht wieder mit Harry? Aber da käme ja Frau Knutsen, die wisse da bestimmt besser Bescheid!

Mütze bedankte sich bei dem jungen Redakteur, grüßte Frau Knutsen knapp und ging mit ihr allein zum Kai hinunter, um ungestört zu sein.

»Ist das das Boot Ihres Mannes gewesen?«, fragte Mütze.

»Ja, das war es wohl«, sagte Frau Knutsen, zündete sich ohne zu fragen eine Zigarette an und sah mit zusammengekniffenen Augen aufs Meer hinaus.

»Wann haben Sie Ihren Mann zuletzt gesehen?«

»Heute am frühen Vormittag. Er kam aus dem Ort zurück und brachte den Fisch für das Mittagessen. Zwei Schollenfilets. Dann ist er in seine Garage.«

»In die Garage?«

»Dort bastelt er immer an seinen verrückten Booten. Das Letzte, was ich vom Küchenfenster aus gesehen hab, war, dass er das Boot auf seinen Anhänger gehoben hat und davongefahren ist.«

»Wohin? Richtung Dorf?«

»Nein, Richtung alter Anleger.«

»Also am Zeltplatz vorbei?«

»Genau.«

»Und dann?«

»Dann habe ich die Schollen paniert.«

»Haben Sie sich keine Gedanken gemacht, was Ihr Mann da draußen macht?«

»Was sollte er schon machen? Sein neues Boot ausprobieren!«

»Allein?«

»Was weiß ich.«

»Mit wem wollte er dieses Jahr starten?«

»Mit diesem nichtsnutzigen Engländer.«

»Harry the Hawk?«

»So nennt er sich.«

Keine Frage stellte sie nach ihrem Mann. Keine einzige Frage. Nicht, ob man ihn bereits gefunden habe oder ob man weiter nach ihm suche. Kein Wort. Sie hielt es noch nicht mal für nötig, Trauer zu heucheln oder die bestürzte Witwe zu spielen. Ungerührt ging sie wieder zu ihrem Fahrrad und radelte weg. Völlig gefühlskalt. Selbst Mütze, der schon viel erlebt hatte, fröstelte es. Klar, die Ehe war wohl zerrüttet, aber selbst in solchen Fällen kam es bei der Bekanntgabe eines Todesfalls noch zu den ergreifendsten Szenen. Frau Knutsen war eine merkwürdige, eine stolze Frau. Niemanden ließ sie in ihre Seele schauen.

Mütze ging zurück zum Schuppen, Ahsen wartete dort auf ihn. Storm, der junge Inselschreiber, hatte sich bereits wieder verabschiedet. Wahrscheinlich saß er schon an seinem Artikel. Auf Spiekeroog wurde im Moment ja viel geboten. Erst der Mord an Antje Söring, nun das tragische Bootsunglück. Und wenn es kein Unglück war? Sie mussten sich dringend erkundigen, wo Harry steckte. Vielleicht war er mit an Bord gewesen, vielleicht war er mit untergegangen. Bislang hatte sich niemand gemeldet, der etwas beobachtet hatte. Mütze fragte Ahsen nach dessen Fahrzeug. Der Besuch im Wittmunder Krankenhaus musste warten, das hier war jetzt wichtiger!

So schnell die Elektrokiste konnte, fuhren die beiden Polizisten zum Ort zurück und dann Richtung Westen. Immer wieder musste Ahsen das ohnehin geringe Tempo drosseln, um keinen Fußgänger zu erwischen.

»Haben Sie kein Blaulicht?«

»Blaulicht? Auf Spiekeroog?«

Gott im Himmel! Wo war er hier gelandet? Was gab es auf dieser Insel eigentlich? Außer Entschleunigung? So entspannend dieses Entschleunigungsprinzip auch sein mochte, jetzt ging es Mütze gewaltig auf den Zeiger. Rechts glitt ein großes Indianerzelt vorbei, das mitten auf einer Düne stand – die katholische Inselkirche, ein futuristischer Bau, der sich wie vom Meereswind gebeugt leicht nach Osten neigte. Links leuchtete ein weißgekalktes altes Steinhaus, in dem frühere Generationen von Insulanern bei schweren Sturmfluten Schutz gesucht hatten.

»Manche sind auch auf den Dachboden geflüchtet und damit davongeschwommen!«, sagte Ahsen.

»Veräppeln kann ich mich selbst!«

»Kein Witz! Die alten Inselhäuser waren so gebaut, ein paar gibt es noch. Der Dachboden war nur lose aufgesetzt, kam eine heftige Sturmflut, lösten sich die

Lehmmauern auf und der Dachboden schwamm auf den Wellen davon, um dann irgendwo auf dem Festland zu landen.«

Mütze schüttelte den Kopf. Verrückt, aber ganz schön clever, diese Ostfriesen!

Sie passierten die Ponyweiden und kamen dann am verklinkerten Haus von Knutsen vorbei. Frau Knutsen schien tatsächlich in ihrer Küche zu stehen und zu kochen. Unglaublich, die hatte Nerven, die Frau. Auch der Abbruch einer negativen Beziehung ist eine immense Belastung, ja, Polizeipsychologen behaupten sogar, ein solcher Abbruch sei viel belastender als das Ende einer positiven Beziehung. Mütze hielt nicht viel von Psychologie. Er verließ sich lieber auf seinen Instinkt. Und dieser Instinkt sagte ihm, dass Frau Knutsen ihm etwas verheimlichte.

Fast verspürte er eine Art Erleichterung, als er Harry vor seinem Zelt sitzen sah. Zum Glück lebte er noch! Der Engländer war damit beschäftigt, hellblaue Plastikkordeln an eine Kunststoffplane zu knüpfen. Als die beiden Polizisten näherkamen, blickte er nur kurz auf, unterbrach seine Arbeit aber noch lange nicht.

»What's up? Ich hab doch gesagt, ich lass mir keinen Mord anhängen!«

»Keine Sorge, wir brauchen Sie als Zeugen. Ist Knutsen heute bei Ihnen vorbeigekommen?«

»Knutsen? Warum sollte er?«

»Um sein neues Boot zu testen.«

»Das wollte er allein machen.«

»Knutsen ist gekentert.«

»Verdammt!« Harry sah tatsächlich erschrocken aus. »Wo ist er?«, fragte er und ließ die Schnüre sinken.

»Noch nicht gefunden.«

Harry sprang auf. »Ich helfe mit suchen!«

»Nicht nötig, Harry, sind alle schon draußen unterwegs. Verraten Sie uns lieber, was Sie gestern Abend gemacht haben!«

Jetzt stieg Harry das Blut in die Ohren. »Sind Sie wahnsinnig? Knut ersäuft da draußen auf dem Meer, und Sie fragen mich, was ich gestern Abend gemacht habe?«

»Dann frage ich präziser: Was hatten Sie mit Knutsen in der Linde zu besprechen?«

Harrys Ohren leuchteten nun so rot wie die Nase von Rentier Rudolf. Er schien verblüfft darüber, dass man von ihrem nächtlichen Treffen wusste.

»Wir haben an unserem Boot gebastelt.«

»Unserem Boot?«

»Ja, unserem Boot. Knut hat mich gefragt, ob ich erneut mitmachen wolle, und ich hab ja gesagt, ist das verboten?«

»Und dann haben Sie zusammen am Boot gebastelt.«

»Genau.«

»In der Kneipe?«

»Natürlich nicht. Wir haben darüber gesprochen, wie man das Boot noch verbessern kann.«

»Und zu welchem Ergebnis sind Sie gekommen?«

»Ich hab Knut empfohlen, noch eine Schicht Speziallack aufpinseln.«
»Eine Schicht Speziallack?«
»Um die Pappe noch besser abzudichten.«
»Na, der Tipp ging wohl daneben!«

Klar, der Kommentar wäre nicht nötig gewesen. Aber er hatte dieses Gesülze von Harry so satt. Der Kerl kooperierte doch nicht. Erst wollte er ihn über den Haufen fahren, dann verriet er nur das, was man ihm mühsam aus seiner verbogenen Nase zog. Er war ihn so über! Mütze spürte, dass er jetzt Zeit zum Nachdenken brauchte und schickte Ahsen zurück zum Hafen. Sobald er etwas Neues erfahre, solle er ihn sofort anrufen.

»Geht in Ordnung, Herr Kommissar!«, sagte Ahsen und schwang sich in sein seltsames Dienstfahrzeug.

Selbst in Timbuktu würde sich jeder Hilfspolizist weigern, in so ein Teil zu steigen, dachte sich Mütze, als er Ahsen davonsummen sah. Das war doch unter der Ehre jedes anständigen Polizisten. Mütze ging hinunter zum alten Anleger, wo er Knutsens Elektrokiste stehen sah. Der Schlüssel steckte noch im Anlasser. Angst vor Dieben brauchte man auf Spiekeroog nicht zu haben. Nur vor Mördern. Mütze besah den Wagen genauer. Er suchte ein Handschuhfach, fand aber keins. Hätte er sich ja denken können. Auch auf dem Anhänger lag nur der übliche Krimskrams. Mütze trat den Heimweg an. Hier war das Ende der Insel, der äußerste Westen. An der Südostseite, zum Watt hin, wo alles flach war, musste der Hafen liegen. Durch die Salzwiesen aber war die Abkürzung verboten, überall warnten Schilder, die Vogelwelt nicht zu stören. »Nehmen die Vögel denn Rücksicht auf uns?«, fragte sich Mütze und dachte an die dreiste Möwe, die Karl-Dieter gestern auf dem Heimweg sein Eis geklaut hatte. Karl-Dieter hatte vielleicht geschaut! Er hatte gerade lustvoll daran schlecken wollen, da war die Möwe wie ein Sturzkampfflieger herangerauscht und hatte ihm die komplette Eiswaffel aus der Hand gehackt. – Vogelschutzgebiet! Im Grunde war das die passende Parabel auf die heutige Zeit. Täterschutz vor Opferschutz. Wie viele Schurken hatte er schon mühsam ermittelt, die nach wenigen Jahren wieder fröhlich pfeifend durch die Dortmunder Fußgängerzone liefen!

Mütze drückte sich den Hut in die Stirn und wanderte zurück. Kurz hinter dem einsamen Lokal, diesem Laramie, sah er die Pferdebahn heranwackeln. Plötzlich blieben die Pferde stehen. »Endstation, alles aussteigen!«, hörte er den Lokführer rufen. Das heißt, ein Lokführer war es ja gar nicht, nur ein Kutscher. Eine bunte Menge von Urlaubern quetschte sich aus den offenen Waggons, aus dem letzten stiegen Karl-Dieter und das ABC-Geschwader. Mütze wollte sich schnell zur Seite drehen, aber die Damen hatten ihn schon entdeckt und kamen mit Karl-Dieter im Schlepptau erstaunlich flink zu ihm herüber.

»Der Herr Kommissar! So eine Freude!«, rief das ABC-Geschwader, »was macht die Verbrecherjagd?«

»Nichts Neues«, knurrte Mütze, die Damen aber lächelten ihn schelmisch an und hoben ihre krummen Zeigefinger, als wüssten sie es besser.

»Sie kleiner Tiefstapler, Sie«, sagten sie zu ihm, »wir wissen doch genau, was Ihnen gelungen ist!«

»So, was denn, meine Damen?«

»Ist er nicht herrlich in seiner gespielten Unschuld?«, fragte sich das Geschwader und kicherte.

Mütze verabschiedete sich abrupt und lief seinen Weg geradeaus dem Dorf zu. Jetzt war das verrückte Trio endgültig durchgeknallt! Karl-Dieter aber kam ihm hinterhergerannt.

»Was ist denn?«, fragte er Mütze besorgt.

»Fidel Castro ist wohl tot«, sagte Mütze und rannte im selben Tempo weiter.

Karl-Dieter erstarrte. Nach ein paar Schritten hielt auch Mütze an und drehte sich zu ihm um.

»Um Gottes Willen«, entfuhr es Karl-Dieter, »Selbstmord, nicht wahr?«

»Wie kommst du denn darauf?«

Karl-Dieters massigen Körper erfasste ein Schütteln. Er ging in die Knie, fing an zu zittern, dann begann er zu erzählen. Durcheinander und konfus. Es dauerte ein Weilchen, bis Mütze sich ein Bild aus seinem wirren Gestammel machen konnte. Eine wirklich schreckliche Geschichte. Die schlimmsten Dinge aber passieren oft dann, wenn eine gute Absicht dahintersteht, so auch diesmal. Karl-Dieter hatte die halbe Nacht wachgelegen und überlegt, wie er Mütze bei seinen

Ermittlungen helfen könnte. Er hatte sich vorstellen müssen, wie der dreiste Mörder in seinem Inselhäuschen saß und sich in sein blutiges Fäustchen lachte. Nichts war ihm nachzuweisen, keine Spur hatte er hinterlassen, die ihn verraten hätte. Über diesen Gedanken und Mützes Geschnarche hatte er kein Auge zugetan.

»Und dann ist mir diese bescheuerte Idee gekommen!«

»Welche Idee?«

»Ich hab mir gedacht, wenn es keine Spur gibt, dann muss man eben eine erfinden.«

»Erfinden?«

»Genau, erfinden! Wahr oder nicht, wenn der Mörder davon erfährt, ist Schluss mit Gemütlichkeit. Nervös wird er werden, sehr nervös, und wer nervös wird, der macht Fehler. Gesagt, getan. Heute in der Früh auf dem Weg zum Muschelbilderrahmenbastelkurs habe ich dem ABC-Geschwader erzählt, man habe eine DNA-Spur gefunden.«

»Eine DNA-Spur?«

»Eine DNA-Spur des Täters. Das Geschwader hat große Augen gemacht, genau, wie ich es vermutet hatte. Beim Fischladen, wo sie sich den Proviant besorgt haben, haben sie dann mit leuchtenden Augen gleich Gerda, der netten Fischverkäuferin, alles brühwarm weitererzählt. Und wenn Gerda was Neues erfährt, dann auch jeder ihrer Kunden und bald ganz Spiekeroog.«

Karl-Dieter schüttelte sich und schlug sich gegen den Schädel: »Ich Idiot!«

Mütze nickte stumm. Leider konnte er den Freund nicht trösten. Die Schollen! Frau Knutsen hatte doch erzählt, ihr Mann habe Schollen aus dem Dorf mitgebracht. Da wird er die Neuigkeit erfahren haben. Wenn er der war, den sie suchten, dann war Karl-Dieters Plan möglicherweise aufgegangen. Knutsen, den Mörder, müsste es wie ein Schlag getroffen haben. Es kam durchaus vor, dass sich Verbrecher durch Suizid ihrer gerechten Strafe entziehen wollten. Oder die Scham fürchteten. Knutsen war nach Hause, hatte sein Papierboot geholt und war weit hinausgepaddelt, sehr weit, zu weit. So weit, dass keine Rettung mehr möglich war. Wenn er denn der Mörder war ... Dumm war nur, sie würden es ihm nicht mehr nachweisen können. Niemals. Die DNA-Spur existierte nur als Gerücht. Und wenn bekannt wurde, dass es nur ein Gerücht gewesen war, würde man Karl-Dieter dann nicht zur Rechenschaft ziehen? Und ihn mit dazu? Karl-Dieter, was machst du nur für Geschichten! Dennoch: Den Selbstmord von Knutsen konnte man ihm nicht direkt vorwerfen. Der Mensch ist selbst verantwortlich für das, was er tut. Und ist es tatsächlich so schlimm, wenn sich ein Mörder selbst richtet?

Mütze half Karl-Dieter auf und klopfte ihm auf die Schulter. Schweigend gingen sie zusammen Richtung Dorf zurück. Jeder macht mal einen Fehler, er hatte es doch nur gut gemeint. Dumm nur, dass Karl-Dieter das nicht zum ersten Mal passiert war. Warum nur mischte er sich immer wieder in seinen Job ein?

»War das letzte Mal, Karl-Dieter, nicht wahr?«

»Klare Kiste, Mütze, tut mir alles so leid!«

Pferdehufe wurden in ihrem Rücken lauter, die Pferdebahn schaukelte an ihnen vorbei. Aus dem hinteren Waggon kam ein fröhliches Gewinke, das ABC-Geschwader fing wieder lustig an zu singen: »Wir lagen vor Madagaskar und hatten die Pest an Bord ...«

Im Dorf angekommen, verabschiedete sich Karl-Dieter kleinlaut und verschwand im Feinkostladen. Sein inneres Gleichgewicht ließ sich am besten durch einen Einkauf wiederherstellen. Mütze überlegte, zum Hafen zurückzugehen, dann aber spürte er, dass er Durst bekam und zog es vor, erst einmal ein Bierchen zu kippen. So setzte er sich, nachdem er sich vergewissert hatte, dass das Café ABC-freie-Zone war, auf die Veranda der Teetied, wo es die guten Waffeln gab. Hinten über dem Wattenmeer kreiste noch der Hubschrauber. Sie schienen Knutsen immer noch nicht gefunden zu haben. Die Hoffnung, ihn noch lebend rauszuziehen, ging gegen null. Knutsen war tot, mausetot. Dennoch verspürte Mütze nicht die Spur einer Befriedigung darüber, dass möglicherweise ein Mörder zur Strecke gebracht war. Seine Aufgabe war es, den Fall zu lösen. Der Fall war aber nicht gelöst. Wenigstens nicht sauber, nicht im kriminalistischen Sinne. Viele würden jetzt vielleicht sagen, klarer Fall, der Mörder hat die bittere Konsequenz gezogen, Knutsen hat sich umgebracht. Ab hinaus auf die weite See und dann blubb, blubb, blubb! Wahrscheinlich ist es so gewesen, dachte er sich. Wahrscheinlich. Vielleicht aber auch nicht. Vielleicht hatte der Mord an Antje Söring nichts mit Knutsen zu tun. Vielleicht hatte Knutsen tatsächlich nur sein Papierboot testen wollen, vielleicht ist es ein Unglücksfall gewesen. Mütze konnte das nicht ausschließen. Und da war ja immer noch die mysteriöse Geschichte von dem Blinddarmschüler, diesem Ludwig Öhrenfeld. Warum war sein Name von der Liste verschwunden? Und auf welche Weise? Nein, Knutsen war noch lange nicht der Täter. Nicht, bis das lückenlos bewiesen war.

»Olé, BVB ...« Mütze fingerte nach seinem Handy, während sich die Nachbartische nach ihm umsahen. Manchmal war das Ding wirklich peinlich, aber Wette ist Wette!

»Mütze?«

»Roggenkorn. Hier ist jemand, der möchte ein Geständnis machen!«

Mütze hatte sich einfach Ahsens Fahrrad geschnappt, das vor der Polizeistation lehnte. Zu Fuß war ihm der Weg zu weit, er war für heute genug gelaufen. Der Weg vom alten Anleger ins Dorf hatte sich hingezogen. Als er mit dem Rad in den Hof des Muschelhauses einbog, kam ihm die Rektorin entgegen und fragte ihn mit ernstem Gesicht, ob er schon im Krankenhaus gewesen sei, was Mütze zu ihrer sichtbaren Freude verneinte. Sara Roggenkorn führte ihn in ihr Dienstzimmer, wo schon eine andere junge Frau saß, die bei ihrem Eintreten hastig aufsprang.

»Meine Kollegin, Frau Möller!«

»Angenehm, Kommissar Mütze!«

»Ich war's!«, sagte die junge Frau mit aufgeregter Stimme.

»Was?«, fragte Mütze irritiert.

»Ich hab's getan, ich hab Ludwigs Namen von der Liste gestrichen.«

»Und warum?«

Die junge Frau, die ein hellblaues Stoffkleid trug, das gut mit ihrem gebräunten Teint kontrastierte, vergrub plötzlich ihr hübsches Gesicht in den Händen und fing bitterlich an zu schluchzen. Sara Roggenkorn legte mütterlich den Arm um sie und versuchte, sie zu beruhigen, während sie sie leise mit ihrem Vornamen ansprach. Dann wandte sie sich Mütze zu.

»Frau Möller hat mir heute gestanden, mit Ludwig Öhrenfeld befreundet zu sein.«

»Befreundet?«, hakte Mütze nach. »Wie befreundet?«

Das Schluchzen der jungen Lehrerin steigerte sich, und Sara Roggenkorn warf Mütze einen bösen Blick zu.

»Haben Sie ein Verhältnis mit Ludwig Öhrenfeld?«

Die junge Frau nickte.

»Ein Liebesverhältnis?«

Erneut ein Nicken.

»Frau Möller, hat Ludwig Öhrenfeld etwas mit dem Mord an Antje Söring zu tun?«

Bei diesen Worten ging ein Ruck durch die junge Lehrerin. Sie richtete sich kerzengerade auf und sagte trotz ihres jammervollen Zustandes empört: »Nein!«

»Warum haben Sie ihn dann von der Liste gestrichen?«

»Um ihm das Verhör zu ersparen.«

»Um ihm das Verhör zu ersparen? Oder um ihn zu decken?«

»Um ihm das Verhör zu ersparen!«

»Was wäre denn an dem Verhör so schlimm gewesen?«

»Die Frage nach dem Alibi.«

»Er hat wohl kein Alibi?«

»Nein, im Gegenteil, er hat eins.«

»Und welches?«

»Ich habe die Nacht bei ihm verbracht!«

Karl-Dieter hatte sich wirklich jede Mühe gegeben. Ein Essen, wie es lange keins gegeben hatte. Dicke Rumpsteaks, Mützes nur halb durchgebraten, so dass bei jedem Schnitt das Blut raustroff, jede Menge Barbecue-Soße und fette Mayonnaise, Farmerkartoffeln, dicke Bohnen und einen gerösteten Maiskolben, dazu ein friesisch-herbes Pils. Ein Schlechtes-Gewissen-Essen. Mütze war gerührt. Karl-Dieter war doch ein feiner Kerl, eine Seele, tief wie die Nordsee! Nach dem Essen gingen sie noch hinaus zu ihrem Strandkorb. Es war ein milder Abend, fast windstill.

»Doch viel schöner als Teneriffa«, meinte Karl-Dieter, und Mütze stimmte ihm zu. Die Sonne stand noch eine Handbreit über dem Horizont. Karl-Dieter verstand, warum viele Menschen den Sonnenuntergang liebten. Wann konnte man die Sonne, unsere Licht- und Lebensspenderin, wie er sich bedeutsam ausdrückte, intensiver betrachten? Tagsüber war sie gleißend hell, so dass man sich von ihr abwenden musste. Jetzt aber hatte sie all ihren übertriebenen Glanz abgelegt und zeigte sich sanft und mild wie ihr Bruder, der Mond.

»Wenn das Feuer das Wasser küsst«, sagte Karl-Dieter und sah versonnen auf den Horizont hinaus.

Mütze gingen andere Gedanken durch den Kopf. Irgendwo da draußen schwamm noch Fidel Castros Leiche, ein Spielball der Wellen. Vielleicht war er auch schon angespült worden, vielleicht da drüben im Westen auf dem langen Strand von Langeoog. Auf Spiekeroog hatte man früher die Toten, die das Meer hier an Land spuckte, an einer speziellen Stelle bestattet, dem Drinkeldodenkarkhof, dem Friedhof der Heimatlosen, der Angespülten. Lauter Wasserleichen lagen dort, namenlos die meisten, denn wer hatte in früheren Zeiten Ausweispapiere bei sich? Wasserleichen waren kein schöner Anblick. Selbst schöne, schlanke Gestalten blähte das Wasser unförmig auf, die Gesichter bläulich aufgedunsen. Ob jemand auch den

Strand drüben auf Langeoog nach Knutsen absuchte? Die östlichen Teile der Inseln lagen ja weit ab von den Dörfern, wer ging dort schon spazieren? Der bescheuerte Merksatz fiel Mütze wieder ein: »Welcher Seemann liegt bei Norbert im Bett?« Bis Langeoog war es nicht weit. Dennoch ist es unmöglich, von einer Insel zur nächsten zu schwimmen. Die Strömung in der Meerenge ist ungeheuerlich, denn die ganzen Wassermassen des Wattenmeeres müssen sich täglich viermal hindurchquetschen. Eigentlich unwahrscheinlich, dass Fidel Castros Leiche nach Langeoog getrieben worden war.

Die Sonne hatte ein schmales Wolkenband passiert und stand jetzt unmittelbar über dem Horizont, ein glutroter, flimmernder Ball. Karl-Dieter hielt den Atem an und seine Hand suchte die Hand von Mütze. Mütze schoss plötzlich ein Gedanke durch das Hirn. Was, wenn Knutsen gar nicht tot war? Was, wenn er noch lebte? Wenn er seinen Tod nur inszeniert hatte? Es gab doch diese Neoprenanzüge, wie ihn die Kiter trugen, die Dinger hielten warm. Wenn Knutsen sich so einen Anzug übergestreift hatte und es damit doch bis nach Langeoog geschafft hatte? Vielleicht noch mit einem wasserdichten Wäschepaket im Rucksack? Vor Jahren ist Mütze einmal in Basel gewesen. Dort durchschwammen die Leute den Rhein mit einem Gummisack und zogen sich am anderen Ufer wieder trocken an. Was, wenn Knutsen sich auf diese Weise aus dem Staub gemacht hatte? Der perfekte Scheinselbstmord! Knutsen hatte sich vom

Acker gemacht! Und keiner würde ihn suchen, wähnte man seine Leiche doch draußen im weiten Meer. Ja, so könnte es gewesen sein! Fidel Castro hatte sich drüben auf Langeoog die trockenen Sachen angezogen und hielt sich dort versteckt. Wen fand man schon in den ausgedehnten Dünenwüsten? Oder er hatte mit der Fähre von dort aus bereits zum Festland übergesetzt. Wobei, das wäre riskant, denn auch auf Langeoog würde man ihn doch sicher kennen. Zumindest das Personal der Fähren. Vielleicht würde er sich heimlich in den Hafen schleichen, um ein Boot zu kapern. Mütze beschloss, gleich Ahsen anzurufen, damit dieser seine Kollegen auf Langeoog informierte. Es würde doch auch dort eine Polizeistation geben!

Karl-Dieter begriff nicht, wie man in diesem magischen Moment, als die Sonne ins Meer abtauchte, zum Handy greifen konnte! Aber so war Mütze, immer im Dienst. Das aber, was Mütze Ahsen zu sagen hatte, elektrisierte Karl-Dieter so stark, dass auch er kein Auge mehr für den Sonnenuntergang hatte.

»Du meinst, er lebt? Mensch, das wäre ja töfte!«

Karl-Dieter durchflutete ein Gefühl der Erleichterung. Was für ein wunderbarer Gedanke, vielleicht war er ja gar nicht schuld an Knutsens Tod!

»Manchmal tragen wir Schuld ohne Schuld zu haben«, sagte Mütze, als er sein Handy wieder in der Hemdentasche versenkte.

»Wie meinst du das?«, fragte Karl-Dieter.

Mütze atmete tief durch. Jetzt wäre der richtige Moment. Jetzt musste er es ihm sagen. Sagen, was Moritz vorhatte. Doch Mütze schwieg und ließ die Gelegenheit verstreichen. So mutig und entschlossen er bei der Verbrecherjagd war, in privaten Dingen konnte er ein echter Feigling sein.

Auf dem Weg zurück hingen beide ihren Gedanken nach. Vor ihnen ging ein junges Paar, der Mann hatte einen kleinen Säugling auf den Rücken gebunden. Wieder verspürte Karl-Dieter diesen Schmerz, wieder brannte die Sehnsucht in ihm. War es nicht ungerecht, himmelschreiend ungerecht, dass die Heteros alles Glück dieser Erde genießen durften? Und schwule Paare nur Paare zweiter Klasse waren? Würde er sich nicht genauso über ein Kind freuen, würde er es nicht genauso lieben, es genauso verwöhnen, verziehen, verhätscheln wie jeder andere Vater? Warum war ihm dieses Glück nicht vergönnt?

Mütze kniff die Augen zusammen und dachte nach. Als Freund der alten systematischen Schule sagte er sich im Geiste noch mal alle Möglichkeiten auf. Vier Varianten gab es allein für Knutsens Verschwinden. Da war einmal die banale Unfallhypothese. Der Ehrgeiz eines ewigen Zweiten, der glaubte, diesmal ein echtes Gewinnerboot gebaut zu haben, und damit baden ging. Dann gab es die Selbstmordhypothese, klar. Dann den neuen Gedanken einer abenteuerlichen Flucht. Und dann noch die vierte Möglichkeit: Dass jemand anderes das Papierboot zum Absaufen gebracht hatte. Unwahrscheinlich, aber nicht auszuschließen. Was, wenn Harry gelogen hatte? Wenn sie sich tatsächlich über ganz andere Dinge gestritten hatten, als über die richtige Lackierung? Wenn Harry mit Knutsen in See gestochen war? Und ihn dort beseitigt hatte? Und mit einem Gummiboot zurückgepaddelt war? Was dann?

Nur Variante zwei und drei aber erklärten zugleich den Mord an Antje Söring. Traf Variante eins zu, war weiter alles offen. Bei Variante vier kam es darauf an, ob Harry beteiligt war, und wenn ja, ob er auch etwas mit dem Mord an Antje Söring zu tun hatte. Im Sinne der Erpressungshypothese. Schied Fidel Castro als Mörder aus, war dieser Ludwig verdächtig. Nach wie vor. Trotz des Alibis. Des vorgeblichen Alibis. Wer wusste schon, ob seine Lehrerin die Wahrheit gesagt hatte? Die Tränen bewiesen nichts. Es gab Frauen, die konnten auf Kommando ganze Gläser mit ihren Tränen füllen. Drum hießen sie wohl auch Weingläser. Kleiner Kalauer. Manchmal musste Mütze sich selbst mit einem Scherz erheitern. Morgen würde er nach Wittmund fahren. Gleich in der Früh. Und am Nachmittag Frau Knutsen einen weiteren Besuch abstatten. Aus der Frau wurde er nicht schlau. Er dachte an das Musical, in das ihn Karl-Dieter im Frühjahr geschleppt hatte, »My Fair Lady«. Ein Song hatte Mütze besonders gefallen: »Kann denn eine Frau nicht sein wie ein Mann?« Dann wäre auf dieser Welt so manches einfacher.

Samstag

Mitten in der Nacht wachte Mütze auf. Wie spät war es? Was sollte denn dieser Lärm? Warum ging Karl-Dieter nicht an sein Telefon?

»Wach auf, Knuffi, und scheiß den verfluchten Idioten zusammen!«, knurrte Mütze und zog sich die Decke über den Kopf.

»Das ist nicht meins!«, kam es schlaftrunken zurück.

Mütze warf die Decke zurück und richtete sich auf. Wessen Telefon war es dann? Wer zum Teufel hatte sich diese alberne Melodie ausgesucht? Er tastete nach dem Lichtschalter und knipste sein Nachttischlämpchen an. Das Klingeln kam vom Fenster. Mütze stand auf und ging hinüber. Saß dort draußen jemand und war eingeschlafen? Als er das Fenster öffnete, war niemand zu sehen. Auf dem Fensterbrett aber klingelte es munter.

Mütze und Karl-Dieter setzten sich an ihren Küchentisch und betrachteten das Handy, das vor ihnen lag. Sollte es wahr sein? Sollte dies tatsächlich das iPhone von Antje Söring sein? Davon gab's natürlich Millionen. Hatte sich der verrückte Hund, der ihnen nachts die Drohung an das Fenster geworfen hatte, tatsächlich erneut mitten in der Nacht zu ihnen geschlichen? Das Gerät aufs Fensterbrett gelegt und es dann aus sicherer Entfernung angerufen? Mütze merkte, wie ihm der Kamm schwoll. Das war nun wirklich das Letzte! Das war die größte Beleidigung, die ihm je widerfahren war. Wer war der Kerl, wer erlaubte sich solche Frechheiten? Da wollte ihn jemand verarschen und zwar auf die üble Tour.

»Kannst du rausfinden, welche Nummer es hat?«, fragte Mütze, der von Technik nicht viel verstand.

»Kann's probieren.« Karl-Dieter griff nach dem Telefon, Mütze aber fiel ihm in den Arm.

»Moment! Hier, nimm einen Einmalhandschuh!«

Karl-Dieter zog ihn über und begann, auf dem kleinen Bildschirm herumzustreichen. Tatsächlich! Keine Minute später hatte er die Nummer. Mütze zog seinen Notizblock hervor. Es war die Nummer von Antje Söring.

Es dauerte ein Weilchen, bis Susi dranging. Sofort aber war sie hellwach. Mütze erklärte ihr hastig, was er brauchte. Irgendjemand musste das Telefon ja zum Klingeln gebracht haben. Mütze wollte so schnell wie möglich wissen, wer das war. Susi versprach, sich gleich dahinterzuklemmen.

»Willst du vielleicht die letzten SMS lesen?«, fragte Karl-Dieter gähnend.

»Lies vor«, rief Mütze erregt, und Karl-Dieter fing an zu scrollen.

»Danke, meine Kleine, für die schöne Nacht! – Schlaf gut, mein Schatz! – Spüre noch deine Küsse auf meiner Haut. – Kannst du heute um Mitternacht in unser Nest kommen? – Soll ich weiterlesen?«

»Ja, bitte!«

Karl-Dieter las weiter, über hundert solcher SMS waren gespeichert. Mit Datum und Uhrzeit. Die ältesten

Nachrichten waren zwei Jahre alt, die letzte war vom Tag vor Antje Sörings Tod. »Nichts kann uns trennen!«, hieß diese Botschaft.

»Auf Spiekeroog weiß jeder alles!« Mütze lachte kurz höhnisch auf, »nur, dass Antje Söring einen Lover hatte, davon hatte keiner einen Schimmer!«

Dummerweise konnte man all den einfallslosen, sich ständig wiederholenden SMS nur entnehmen, dass der Lover auf Spiekeroog wohnen musste. Weder seinen Namen aber verriet er, noch machte er irgendwelche konkreten Angaben, wo er wohnte. Alles klang ziemlich konspirativ, so als befürchteten die beiden, entdeckt zu werden. Warum gab sich der Mann nicht wenigstens jetzt zu erkennen und half der Polizei, den Mörder zu finden? Vermutlich führte er ein Doppelleben, war verheiratet und wünschte keinen Ärger. Verbarg er nun zitternd seinen Kummer und weinte still in seinem Kämmerlein? Es konnte natürlich auch noch einen anderen Grund für sein Schweigen geben. Einen ganz anderen Grund.

Ihr guter alter Opel stand noch brav auf der Wiese hinter dem Deich. Mütze fluchte kurz über die horrenden Parkgebühren, die alte Suhrkamp von der Spesenstelle würde misstrauisch ihr Köpfchen schütteln. Karl-Dieter pflegte den Kadett wie ein antikes Möbelstück. Wehe, wenn Mütze einen Kratzer reinfuhr! Nicht mal einen Keks durfte man in dem Heiligtum essen, alles musste picobello sein. Mütze fuhr durch den Wald aus Windrädern, immer dem Navi nach. Karl-Dieter hatte aus Gag zunächst eine tuntige Männerstimme eingestellt, gegen die Mütze aber sein Veto eingelegt hatte. So hatten sie sich auf ein Stimmenimitat von Zarah Leander geeinigt. In einer Partnerschaft musste man Kompromisse schließen.

So platt wie das Meer war hier oben auch das Land. Außerdem schien die Gegend ziemlich unter Inkontinenz zu leiden. Überall durchzogen Entwässerungsgräben die Wiesen, auf denen träge Kühe ostfriesisches Gras heraufwürgten, um es genussvoll wiederzukäuen. Auch die Deichschafe hatten die Ruhe weg, ganze Herden fraßen sich die grünen Wälle entlang. Ein friedliches Bild. So konnte es doch bleiben. Was diese extremistischen Tierfreunde wie dieser Seehund-Uwe nur immer wollten.

Mütze warf ein Stück Espressoschokolade ein, um sich wachzuhalten. Die Nacht war kurz gewesen. Susi hatte ihn gleich in der Früh angerufen. Es war ihr tatsächlich gelungen, den Weckruf in der Nacht nachzuverfolgen. Ein Wunder! Die Verbindungsdaten waren noch nicht gelöscht worden, und die Telefongesellschaft hatte sie freundlicherweise rausgerückt. Allerdings half ihnen das Ergebnis bei der Recherche kaum weiter. Der Anrufer hatte die öffentliche Telefonzelle am Rathausplatz benutzt.

Wieder stieg die Wut in Mütze hoch, riskant überholte er einen langsam dahinrollenden Mähdrescher. Wer war der Kerl, der ihn da foppte? Was für ein Spiel spielte er? Wenn er von sich ablenken und falsche Fährten legen wollte, dann ging er ein hohes Risiko ein. Ob es der unbekannte Lover war? Kaum vorstellbar. Natürlich konnte es eine Eifersuchtsszene gegeben haben, natürlich konnten sie sich gestritten haben. Vielleicht hatte Antje Söring ihm auch ein Ultimatum gestellt. Entweder er entschied sich voll und ganz für sie oder sie würde ihn verlassen. Oder ihr Verhältnis öffentlich machen. Wie lautete noch die letzte SMS? »Nichts kann uns trennen!« Solche Beteuerungen waren immer verdächtig. Deutete sich damit die bevorstehende Trennung nicht bereits an? Manchen schon hatte es gegeben, der aus solch einem Grund getötet hatte, der ein Verlassenwerden nicht ertragen konnte.

Aber warum sollte der Lover, wenn er der Mörder war, so blöd sein, seine gesammelten Liebes-SMS der Polizei zuzuspielen? Erst die beknackte Sache mit dem zweiten Schuh und der schwachsinnigen Drohung, jetzt das Handy. Das gab doch alles keinen Sinn. Und wenn Schuh und Handy nicht vom Täter deponiert worden waren? Wenn jemand anders die Sachen nach dem Mord an sich genommen hatte? Fidel Castro? Klar, er hätte die Möglichkeit gehabt zuzugreifen, auch wenn er nicht der Täter war. Aber warum sollte er das tun? Nein, man musste davon ausgehen, dass derjenige, der die Frechheit besaß, ihm Schuh und Handy der Toten vors Fenster zu legen, auch der Täter war. Jede andere Hypothese war abwegig.

In Wittmund das übliche Weichbild am Stadtrand, niedrige Gewerbegebäude, unorganisiert und hässlich, dann wird die Bebauung dichter und schließlich folgt ein hübscher alter Stadtkern. Das Krankenhaus war schnell gefunden. Ein modernisiertes Gebäude mit runden Ecken, alle Fassaden mit den unvermeidlichen Klinkern versehen. »Wenn's der Heilung dient«, dachte sich Mütze und ein ironisches Lächeln umspielte seinen Mund.

Ludwig Öhrenfeld war noch sichtlich von den Strapazen der Operation gezeichnet. Ein blasser junger Mann mit langen dunklen Locken, der erschöpft in seinem Krankenhausbett lag. Die Schwester schob seinen Zimmernachbarn hinaus, Mütze bedankte sich und zog einen der beiden Plastikstühle an das Bett heran. Ludwig Öhrenfeld wirkte nicht wirklich überrascht. Hatte er Mützes Besuch erwartet? Die Beziehung zu seiner Sportlehrerin gestand er sofort ein, auch die Nacht von Montag auf Dienstag habe er mit ihr verbracht. Und nein, Antje Söring kenne er nur aus dem Süßen Eisbären.

Mütze verabschiedete sich bald wieder und juckelte mit dem Kadett zurück nach Neuharlingersiel. Die Angaben des jungen Öhrenfeld deckten sich exakt mit den Angaben seiner Geliebten. Allerdings ein wenig zu exakt für Mützes Geschmack. Beide Liebenden wussten auf die Minute zu sagen, wann die Lehrerin in der Früh sein Zimmer verlassen hatte (6.45 Uhr), beide hatten, ohne dass er danach gefragt hatte, erzählt, dass sie sich zuvor noch geliebt hätten (unter der Dusche), beide gaben an, nach dem Sex noch eine Zigarette aus dem geöffneten Fenster hinaus geraucht zu haben, beide seien sie lachend in die Hocke gegangen, weil plötzlich ein Radfahrer vorbeigekommen sei, beide erinnerten sich noch genau, welche Unterwäsche Frau Möller getragen hatte (blau mit weißer Spitze). Das perfekte Alibi. Das eine Spur zu perfekte Alibi. Mütze tuckerte hinter einem hochbeladenen Heuwagen her. Würde man ihn fragen, er könnte nicht mehr angeben, welche Unterhose Karl-Dieter letzten Montag getragen hatte. Doch selbst wenn das Alibi abgesprochen war, hieß das noch lange nicht, dass dieser Ludwig etwas mit der Tat zu tun haben musste. Lief man morgens aus dem Haus, um eine badende Eisverkäuferin zu vergewaltigen, wenn man eine so hübsche Freundin hatte?

Auf die Fähre schoben und drängten sich die Menschen. Es war eben Samstag, Ferienwohnungswechseltag. Die Insel hatte eine Ladung gebräunter Touristen ausgespuckt und nahm nun eine Ladung nach Erholung dürstender Bleichgesichter auf. Wie Ebbe und Flut, so pulsierten auch die Touristenströme. Jeder der Inselsüchtigen versuchte, sich bei dem herrlichen Wetter einen Platz auf einem der Außendecks zu sichern. Mütze schob sich an ihnen vorbei und schlüpfte in den dunklen Schiffsbauch, um dort in aller Ruhe ein erstes Bierchen zu trinken. Mit tiefem

Brummen machte sich die Fähre auf die Reise. Durch das Fenster sah Mütze auf die weite Fahrrinne hinaus.

Ob man immer noch nach Knutsen suchte? Wahrscheinlich nicht. Wenn man ihn bis jetzt nicht gefunden hatte, war jede weitere Suche wohl aussichtslos. Vielleicht hatten ihn schon die Seehunde gefressen. War doch mal 'ne Abwechslung auf dem Speiseplan! Gelegentlich geriet Mütze in solch zynische Stimmungslagen, die Karl-Dieter hasste, für die er dennoch Verständnis fand. Wenn man ständig mit der Endlichkeit des Menschen konfrontiert wird, müsse man sich wohl eine Portion Zynismus zulegen. Reiner Selbstschutz, um den Anblick all der erschossenen, zerfetzten, erstochenen, erdrosselten, verbrannten Menschen auszuhalten, pflegte er zu sagen. Karl-Dieter musste es ja wissen, er hatte immerhin drei Semester Psychologie studiert, dachte sich Mütze und holte sich ein zweites Fläschchen.

Am Hafen von Spiekeroog folgte er nicht dem Strom der urlaubshungrigen Menschen, sondern schwenkte ab und ging hinunter zu dem Schuppen. Die Reste des Papierboots lagen immer noch auf demselben Platz, nur sahen sie jetzt, wo sie getrocknet waren, ganz anders aus, steif und starr.

»Olé, BVB, olé, olé ...« Ahsen war dran. Er habe Neuigkeiten, echte Neuigkeiten. Er platzte fast vor Stolz. Er habe Niki gefunden, genau, Niki, eines der Eismädchen von der Regatta, genau, die Blonde mit dem weißen T-Shirt, mit der Knutsen bei der

Papierbootregatta vor zwei Jahren gepaddelt sei. Er habe eben mit ihr telefoniert, sie arbeite jetzt auf Mallorca, wieder in einer Eisdiele. Niki habe sich gut erinnern können. Man habe trotz des zweiten Platzes kräftig gefeiert, zuerst im Hafen und später noch bei Knutsen zu Hause. Tina und Antje seien auch dabei gewesen. Knutsen habe sich und ihnen kräftig eingeschenkt, es sei ziemlich crazy gewesen, nach jedem Gläschen Küstennebel habe man sich umarmt und geküsst. Spät in der Nacht habe Knutsen dann noch den Vorschlag gemacht, am Strand weiterzufeiern. Sie und Tina seien sofort mit, Antje aber habe nicht gewollt. Sie sei bei Frau Knutsen geblieben, die immer stiller geworden sei. Als sie am Morgen nach der schwülen Nacht am Strand aufgewacht seien, habe eine jede in einem Arm von Knutsen gelegen. An mehr könne sie sich nicht erinnern.

Mütze dankte Ahsen. Interessant. Von dem Gelage hatte weder Knutsen noch seine Frau was erzählt. Die Meerjungfrau ist bei ihnen zu Gast gewesen, also kannte man sich doch näher. Wie hing das alles zusammen? Warum hatten sie es verschwiegen? Er würde Frau Knutsen danach fragen.

Mütze musste zweimal schellen, bevor Frau Knutsen öffnete. Sie trug ihre blonden Haare streng nach hinten gekämmt und wirkte seltsam resigniert, fast verletzlich. Selbst ihre breiten Schultern konnten an diesem Eindruck nichts ändern.

»Sie haben ihn gefunden, nicht wahr?«, fragte sie mit müder Stimme.

»Nein.«

Fast hätte er ergänzt »tut mir leid«. Gut, dass mir das nicht rausgerutscht ist, dachte er sich erleichtert.

»Vielleicht lebt er ja noch«, sagte er stattdessen.

»Und die Welt ist eine Scheibe«, erwiderte Frau Knutsen nur.

»Darf ich einen Blick in Ihre Garage werfen?«

Neonlichter flammten auf. In der Garage stand ein Holzgerüst mit einer Aussparung für einen Schiffsrumpf, so wie in einem echten Trockendock. Es roch intensiv nach Lack, und auf dem Boden, wo eine Plastikfolie ausgerollt war, waren glänzende Pfützen zu sehen. Auf einem Regal waren angebrochene Dosen neben einer Palette von Pinseln unterschiedlicher Größe aufgereiht. An die linke Wand war ein Plan gepinnt, der Bauplan für ein Schiff. Er wirkte sehr professionell, wie am Reißbrett gezeichnet. »Titanic V« stand groß darüber. An der rechten Wand war eine Galerie von Fotos der Titanic-Modelle zu sehen, ordentlich in Holz gerahmt. Zwischen der Titanic II und IV klaffte allerdings eine Lücke. Am Nagel und dem Staubrand aber erkannte man, dass dort lange ein Foto gehangen haben musste. Das Foto von der Titanic III.

»Wo ist das Foto hin?«, fragte Mütze.

»Keine Ahnung«, brummte Frau Knutsen.

Ob das die Wahrheit war?

»Was war darauf zu sehen?« Mütze nahm Frau Knutsen scharf ins Auge.

»Was schon?«, wich sie aus, »die Titanic III natürlich!«

»Aus wem bestand deren Besatzung bei der Regatta?«

»Aus meinem Mann und drei jungen Frauen.«

»Wer waren die jungen Frauen?«

»Was sollen diese Fragen? Mein Mann ist gekentert, und Sie fragen mich nach einem alten Foto?«

»Wer waren die jungen Frauen?«

»Verkäuferinnen aus der Eisdiele, glaube ich.«

»Ihre Namen?«

»Ihre Namen? Schon lange her.«

»Dann helf ich Ihnen gerne! Hießen sie Niki, Tina und Antje?« Frau Knutsen wurde blass.

»Was wissen Sie über die drei Mädchen?«

»Was alle wissen! Dass eine von ihnen tot ist! Wieso quälen Sie mich mit Ihren Fragen?«

Sie hatte sichtlich Mühe, nicht die Beherrschung zu verlieren. Mütze blieb unbeeindruckt.

»Warum haben Sie mir nicht davon erzählt?«

»Was meinen Sie?«

»Dass die Frauen bei Ihnen gefeiert haben.«

»Was soll daran interessant sein?«

»Vielleicht, dass zwei von ihnen die Nacht mit Ihrem Mann am Strand verbracht haben?«

Frau Knutsen sah Mütze fassungslos an. Sie fing an zu zittern und ihre Augen weiteten sich. Plötzlich drehte sie sich auf dem Absatz um und lief zum Haus zurück, Mütze hinterher. Kurz vor der Haustür holte er sie ein und packte sie am Handgelenk.

»Hören Sie auf mit dem Versteckspiel, Frau Knutsen! Während die anderen zum Strand gegangen sind, ist Antje Söring bei Ihnen geblieben!«

Hatte sie zunächst versucht, sich aus seinem Griff zu befreien, wichen nun alle Kräfte aus ihrem Körper, und ihr Blick trübte sich ein, als sie mit tonloser Stimme sagte: »Ja, Antje ist bei mir geblieben.«

»Sie sind ein Paar geworden!«

»Ein Paar?« Frau Knutsen blickte Mütze traurig an und schüttelte langsam den Kopf. »Was verstehen Sie schon davon?«

»Mehr als Sie vielleicht meinen.« Mützes Stimme wurde sanfter. »War es jener Abend, als Sie sich nähergekommen sind?«

»Ja«, sagte Frau Knutsen mit einem schmerzlichen Lächeln, »es ist an jenem Abend gewesen.«

»Und danach haben Sie sich regelmäßig getroffen.«

»Sooft es eben ging.«

»Frau Knutsen, wer hat Antje Söring getötet?«

Mit einem Schlag wich das traurige Lächeln aus ihrem Gesicht.

»Frau Knutsen, ich frage Sie noch mal, wer hat Antje Söring getötet?«

Ihre Miene versteinerte sich wieder, als sie leise zischte: »Das Schwein natürlich!«

»Ihr Mann?«

Frau Knutsen nickte stumm.

»Können Sie das beweisen?«

»Beweisen?« Ihre Stimme klang nun wie aus einer anderen Welt. »Was kann man schon beweisen?«

»Frau Knutsen, wie ist Ihr Mann zu Tode gekommen?«

»Zu Tode? Sie sagten doch, er lebe noch.«

Dort, wo sich früher einmal die Haltestelle der Inselbahn befand, steht heute eine Pizzeria. Weil der Abend noch mild war, setzten sich Karl-Dieter und Mütze nach draußen. Mütze bestellte sich eine große Pizza »mit allem« und ein großes Pils, Karl-Dieter wählte einen Nizza-Salat und ein stilles Wasser.

»Wie war dein Tag?«, fragte Karl-Dieter, als der Kellner die Getränke brachte.

Mütze nahm einen tiefen Schluck und wischte sich den Schaum von der Lippe.

Ihr Tisch lag etwas abseits, und so konnte Mütze frei erzählen. Von seinem Krankenbesuch in Wittmund und natürlich von Frau Knutsen. Karl-Dieter war überrascht und sogleich voller Mitgefühl. Was hatte die Arme alles durchmachen müssen! Erst das Scheitern ihrer Ehe und nach dem kurzen Glück mit dem Eismädchen dann dessen grausamer Tod. Ob am Ende ihr Mann dahintersteckte? Für Karl-Dieter war das sonnenklar. Bestimmt hatte er sie eines Tages beobachtet, heimlich, hatte ihr Liebesgeheimnis entdeckt. Und sich brutal dafür gerächt! Seine Frau eine Lesbe, das hatte er nicht ausgehalten, auch wenn sie sich längst nichts mehr zu sagen hatten, eine Lesbe zur Frau zu haben, das hatte seine erbärmliche Machoehre so tief gekränkt, dass er das arme Mädchen erdrosselt hatte, das seine Frau verführt haben musste.

»Genau! Und dann legt er uns ihr Handy aufs Fensterbrett, damit alles auffliegt!«

Mütze schüttelte den Kopf. »Das passt doch hinten und vorne nicht! Gestern Morgen ist er vermutlich ertrunken, wie kann er da in der Nacht durch den Ort spazieren, um uns mit dem Telefon zu foppen!«

»Und wenn er nicht ertrunken ist, wenn er den Papierbootunfall nur inszeniert hat?«

»Warum hätte er das tun sollen?«

»Eben um den Verdacht auf jemand anderen zu lenken.«

»Ach Karl-Dieter, das ist doch Quatsch mit Soße! Wenn er wirklich untergetaucht ist, warum sollte er dann noch falsche Fährten legen?«

»Vielleicht, weil er noch eine Rechnung offen hatte.«

»Mit wem?«

»Mit seiner Frau.«

Mütze brummte. Klang alles wahnsinnig konstruiert, Karl-Dieters Opernfantasie ging mal wieder mit ihm durch. Es musste anders gewesen sein. Jemand hatte Antje Söring umgebracht, daraufhin stürzt Frau Knutsens Welt zusammen. Sie verdächtigt ihren Mann, der ihr schon so viel Unglück gebracht hat. Ihr Hass steigert sich ins Grausame. Sie denkt nur noch darüber nach, wie sie sich rächen kann. Dann bekommt sie mit, wie ihr Mann das neue Papierboot testen will. Die Gelegenheit ist günstig. Frau Knutsen schleicht ihm nach und bringt ihn irgendwie zum Kentern.

»Meine Fantasie geht mit mir durch?«, lachte Karl-Dieter. »Ich glaube, deine Fantasie geht mit dir durch!«

»Du hast Recht. Eine Frau geht anders vor. Vielleicht hat sie ihm ein Schlafmittel in einen Drink gemixt, und er ist bewusstlos ins Wasser gefallen.«

»Damit hätte er es wohl kaum von zu Hause bis zum alten Fähranleger geschafft.«

»Und wenn sie ein Loch in sein Papierboot gebohrt hat?«

»Das hätte Knutsen doch sofort gemerkt, damit wäre er keine zehn Meter weit gefahren!«

Die Pizza und der Salat kamen, und sie begannen zu essen. Mütze nahm kaum wahr, wie köstlich es schmeckte. Jetzt hatten sie höchstwahrscheinlich nicht nur einen Toten, jetzt waren es wohl zwei. Und die beiden Todesfälle hatten miteinander zu tun, davon war Mütze überzeugt. Die Art, wie Frau Knutsen reagierte, die Art, wie sie über ihren Mann gesprochen hatte. So viel Hass, so viel Enttäuschung. Und dann sollte Knutsen durch einen tragischen Unfall ganz zufällig ums Leben gekommen sein? Gerade jetzt? Ein bisschen zu viel Zufall.

Sonntag

Mitten in der Nacht wachte Mütze auf. Hatte er geschnarcht? Hatte Karl-Dieter ihm wieder ärgerlich seinen Ellenbogen in die Seite gerammt? Schien nicht so. Karl-Dieter lag ganz entspannt auf dem Rücken und schlief den Schlaf des Gerechten. Mütze richtete sich auf. Was hatte ihn geweckt? Blitzschnell sprang er zum Fenster und sah hinaus in die dunkle Nacht. War da wieder jemand unterwegs? Nichts war zu erkennen. Vielleicht war es nur eine dieser nervigen Möwen gewesen, die selbst in der Nacht nicht zu schlafen schienen. Mützes Kehle fühlte sich staubtrocken an, und so ging er hinüber in die Küche. Zum Glück stand noch ein Bierchen im Kühlschrank.

Wie hätte Frau Knutsen es anstellen können, ihren Mann zu beseitigen? Mütze nahm einen Schluck aus der Flasche und sah nach draußen. Ihr Mann war mit den Schollenfilets heimgekommen und dann in seinen Schuppen gegangen. Vorher hat er ihr erzählt, dass er zu einer Probefahrt aufbrechen wollte. Obwohl, war nicht schon das gelogen? Am Abend zuvor hatte Ahsen Mütze doch erst von dem Trick mit der neuen Lackierung erzählt. Wie hatte Knutsen da bereits am nächsten Vormittag das Boot ausprobieren können? Selbst wenn er noch in der Früh den neuen Lack aufgebracht hätte, der musste trocknen, und das dauerte seine Zeit. Vielleicht war Knutsen überhaupt nicht losgefahren, vielleicht war seine Frau ihm in den Schuppen hinterher und hatte ihn niedergeschlagen. Kraft genug hatte sie dafür und wahrscheinlich auch Wut für drei! Dann hatte sie ihm den Schädel komplett zertrümmert oder ihm ein Messer reingerammt. Vielleicht hatte sie ihn auch einfach nur vergiftet, war ja im Ergebnis egal. Daraufhin hatte sie ihn verschwinden lassen. Nichts leichter als das. Spiekeroog war das perfekte Leichenversteck. Einfach ein Loch in den Sand gegraben, den Toten rein, wieder zugeschüttet, fertig! Würde niemand je finden. Mütze trank die Flasche aus. Nachdem sie ihren Mann verbuddelt hatte, hat sie das Papierboot aufgeladen und ist zum alten Anleger gegangen, dort hat sie das Boot einfach am Rumpf etwas aufgerissen und es den Wellen überlassen. Zugegeben, es wäre nicht ohne Risiko gewesen, man hätte sie dabei beobachten können. Aber da draußen war die Insel sehr einsam und das wusste Frau Knutsen sehr genau.

Mütze spielte mit der leeren Flasche. So konnte es gewesen sein! Deswegen war die Leiche noch nicht aufgetaucht! Bei dem permanenten Nordwestwind hätte sie längst angetrieben werden müssen, hatte Ahsen gemeint.

Mütze griff sich sein Handy und telefonierte. Alles klar! Selbstverständlich! Gleich in der Früh! Ja, die Hunde auch! Kein Problem, er bekomme jede Unterstützung!

Karl-Dieter war enttäuscht. Mütze schaufelte sich achtlos die Spiegeleier rein, dann war er schon wieder weg.

Und das am Sonntag! Wo ihnen doch das Sonntagsfrühstück heilig war!

Am Haus von Frau Knutsen waren die Beamten bereits beschäftigt. Sie hatten nicht auf die Fähre gewartet, sondern waren mit einem Boot der Küstenwache gekommen. Auch zwei Hundeführer waren dabei, wie Mütze mit Befriedigung feststellte. Andere gingen in engen Reihen parallel und rammten dabei lange Stecken in den Dünensand, so wie es Rettungstrupps nach Lawinenabgängen tun. War wahrscheinlich die beste Methode. Man konnte ja nicht die unendliche Sandwüste hier umgraben. Der Führer der Spezialeinheit begrüßte Mütze. Das Haus habe man schon auf den Kopf gestellt, Frau Knutsen habe sich als sehr kooperativ erwiesen. Dabei deutete er auf das Giebelfenster. Hinter der Scheibe stand sie mit erhobenem Haupt, regungslos, versteinert. »Wie eine griechische Rachegöttin«, dachte Mütze. Welch verdammt stolze, welch abgrundtief unglückliche Frau.

»Wir werden vermutlich ein Weilchen brauchen«, sagte der Leiter des Suchtrupps, »welchen Radius sollen wir absuchen?«

»Gute Frage.« Mütze sah sich um. Er überlegte, wo er eine Leiche am unauffälligsten vergraben würde. Eher abseits vom Weg natürlich, vielleicht im Schatten der ersten Dünen, nicht weiter als hundert Meter sicherlich. Selbst für eine kräftige Frau war die Leiche eines Erwachsenen nicht leicht zu schleppen. Er wies den Leiter des Suchtrupps an und setzte sich auf eine grün gestrichene Bank, die zum Watt hin aufgestellt war, zum Watt und den Salzwiesen, dem Vogelschutzgebiet. Weit im Osten sah er eine Gruppe von Reitern, die wohl gerade zu ihrem Morgenritt aufbrachen. Sie hatten gerade die Koppel verlassen, als Mützes Handy die BVB-Hymne anstimmte.

»Ja?«
»Hier Ahsen.«
»Was gibt's?«
»Man hat ihn gefunden.«
»Knutsen?«
»Genau. – Mütze? Sind Sie noch dran, Herr Kommissar?«
»Wo?«
»Am Oststrand von Langeoog.«
»Verletzungszeichen?«
»Keine.«

Das Bild brannte sich Mütze ein. Dieses stolze, spöttische Lächeln. Wie sie oben am Giebelfenster stand und spöttisch hinabsah, wie die Männer ihre Sachen wieder einpacken mussten und abzogen. Was war das nur für eine Frau? Was wusste sie? Weil das Schicksal ihr alles genommen hatte, wollte sie nun selbst Schicksal spielen. Wenn ihr schon die Liebe nicht vergönnt war, dann doch der Triumph. Der Triumph, über die Männer gesiegt zu haben. Über ihren Mann. Und über Mütze. Knutsen ermordet zu haben, ohne dass Mütze es ihr nachweisen könnte. Ihn als Kommissar zu narren und zu verspotten. Weil er den Täter nicht fassen konnte. Weil sie ihn für einen Versager hielt, der nicht in der Lage war, den Mord an ihrer Freundin aufzuklären. Deshalb hatte sie selbst die Sache in die Hand genommen, hatte dafür gesorgt, dass der Mörder seine Strafe bekam. Sie hatte ihn exekutiert. Als Rachegöttin, als Schicksalsgöttin. Nur einen Fehler hatte ihr schreckliches Werk, einen klitzekleinen Schönheitsfehler: Knutsen war nicht der Täter.

Das jedenfalls redete sich Mütze ein, während er mit energischem Schritt nach Hause lief. Knutsen konnte, Knutsen durfte nicht der Mörder sein. Das war eine Frage der Ehre. Noch nie hatte ihn eine Frau so sehr gedemütigt, so spöttisch auf ihn herabgesehen. Alles würde er tun, jede Energie würde er aufwenden, um es ihr zu zeigen. Um ihr zu beweisen, wie grausam sie sich geirrt hatte. Und zu beweisen, dass sie ihren Mann umgebracht hatte. Wenn es ihm gelänge, Antje Sörings richtigen Täter zu finden, und er würde ihn finden, dann würde ihre ganze Fassade zusammenbrechen. Dann würde sie den Rachemord gestehen, und man würde sie abführen, ohne ein einziges Wort. Was für ein Schauspiel, welch eine Dramatik!

Nein, den toten Knutsen bräuchte er sich nicht anschauen, hatte er Ahsen gesagt. Man solle die Leiche nur rasch in die Rechtsmedizin bringen. Und sie auch bei eindeutigen Zeichen auf einen Ertrinkungstod unbedingt auf mögliche Giftspuren untersuchen.

Mütze schlug einen kleinen Umweg links durch die Dünen ein. Was sollte er jetzt schon zu Hause? Er brauchte Zeit zum Nachdenken. Am Fuße der Düne, auf der das Gotteszelt stand, setzte er sich in den Sand. Knutsen war tot. Wenn derjenige, der ihnen das Handy hingelegt hatte, der Täter war – und was sollte dagegen sprechen? dann schied Knutsen aus dem Kreis der Verdächtigen aus. Wer aber war es dann? Dieser blasse Öhrenfeld, dieser blinddarmamputierte junge Mann? Oder seine Lehrerin, weil Ludwig sie mit Antje Söring betrogen hatte? Vielleicht war Antje Söring nicht zu hundert Prozent lesbisch. Öhrenfeld hatte seiner Freundin den Mord verziehen und ihr ein Alibi verschafft. Auch das wäre möglich. Das Alibi der beiden war verdächtig perfekt. Bis hin zur Frage des Höschens, alles passte. Der Sex unter der Dusche, die Zigarette danach, die absolut genaue Angabe, wann Frau Möller ihr Liebesnest verlassen hatte.

Mütze fummelte sein Handy aus der Tasche und führte zwei Gespräche. Das eine mit dem Düneninternat, das zweite mit dem Krankenhaus Wittmund und der Bitte, darauf zu achten, dass Ludwig Öhrenfeld in genau einer Stunde in seinem Krankenzimmer war. Dann brach er auf.

Frau Möller nahm ihm gegenüber Platz. Sie wirkte nervös und rutschte unruhig auf dem Stuhl hin und her. Die Rektorin hatte ihm wieder ihr Zimmer zur Verfügung gestellt.

»Wie geht es Ihrem Freund?«, fragte Mütze.

»Besser. Ludwig wird morgen entlassen.«

»Ich hab noch einige Fragen.«

»Gerne, ich muss nur gleich die Sportstunde der Kleinen halten.«

»Heute ist Sonntag!«

»Unser pädagogisches Konzept kennt keine Wochentage.«

»Ich brauch nicht lange. Wo haben Sie gestanden, als Sie an jenem Morgen Ihre Zigarette geraucht haben?«

»Am Fenster, das wissen Sie doch.«

»Haben Sie links oder rechts gestanden?«

»Rechts!«

»Und haben Sie eine gemeinsame Zigarette geraucht oder jeder eine für sich.«

»Eine gemeinsame.«

»Von wo ist der Radfahrer gekommen, vor dem Sie sich versteckt haben? Von rechts oder von links?«

»Von rechts.«

»Ist es ein Mann oder eine Frau gewesen?«

»Keine Ahnung, er hatte eine Kapuze übergezogen, es hat geregnet.«

»Was für ein Fahrrad hat er denn gefahren?«

»Was für ein Fahrrad? Hören Sie, was sollen die Fragen? Warum fragen Sie mich nicht gleich nach seiner Blutgruppe?«

»Versuchen Sie, sich zu erinnern!«

»Vom Fahrrad weiß ich nichts mehr, wir sind doch sofort in die Hocke gegangen.«

»Dass er eine Kapuze getragen hat, wissen Sie doch auch noch.«

»Ich achte nicht auf Fahrräder. Es hatte eine Radtasche hinten am Gepäckträger, glaube ich.«

»Und Sie haben links neben Ihrem Freund gestanden, als Sie geraucht haben?«

»Ich habe gesagt, ich habe rechts gestanden!«

Mütze hatte keine weiteren Fragen und bat Sara Roggenkorn herein. Er müsse nur ein kurzes Telefonat führen, er sei sofort wieder da. Dann rief er die Nummer des Krankenhauses Wittmund an. Eine Minute später und er hatte den jungen Öhrenfeld in der Leitung. Frage für Frage wiederholte Mütze nun, die Antworten glichen sich aufs Haar. Frau Möller habe rechts neben ihm gestanden, sie hätten eine gemeinsame Zigarette geraucht, das Fahrrad sei von Westen gekommen, also von rechts, der Radler habe eine Kapuze getragen, zum Fahrrad könne er nichts sagen, nur dass es zwei Gepäcktaschen gehabt habe, eine rote und eine schwarze. – Die Zigarettenkippe? Die hätten sie ins Gebüsch geworfen.

Mütze merkte, wie er die Geduld verlor. Wollte man ihn linken? Gut, dann würde er nun selbst einen kleinen, fiesen Trick probieren.

»Welche Farbe hatte das Handtuch, in das Sie sich gehüllt hatten?«

Schweigen am anderen Ende der Leitung.

»Herr Öhrenfeld? Welche Farbe hatte das Handtuch?«

Aufgelegt. In der Leitung ertönte das Freizeichen. Mütze wählte erneut. Besetzt. Hieß das, keine Antwort war auch eine Antwort? Entzog er sich einer weiteren Befragung, weil sie dieses Detail nicht abgesprochen hatten oder war er es einfach nur leid? Natürlich konnte es auch sein, dass die beiden eine besondere Nacht miteinander verbracht hatten und sich den Frischverliebten jedes Detail eingebrannt hatte.

Wie würde seine Freundin reagieren? Mütze steckte das Handy ein und öffnete die Tür zum Rektorat, in dem schweigend die beiden Lehrerinnen warteten.

»Eine letzte Frage, Frau Möller: Welche Farbe hatte das Handtuch, in das Sie sich gehüllt hatten?«

»Wir hatten uns in kein Handtuch gehüllt, Herr Kommissar.«

Als Mütze die Ferienwohnung betrat, saß neben Karl-Dieter das ABC-Geschwader am Tisch. Die dauergewellten Damen hatten es sich gemütlich gemacht, tranken Kaffee und aßen eine Torte, deren Sahne von orangefarbenen Streifen durchzogen war.

»Sanddorntorte, Herr Kommissar, die müssen Sie probieren«, begrüßte ihn das ABC-Geschwader.

Wenn Mütze jetzt auf etwas keine Lust hatte, dann auf Kaffee und Kuchen mit dem Senioren-Trio. Wie konnte Karl-Dieter nur auf die wahnsinnige Idee verfallen, die drei alten Hexen zu sich einzuladen? Fluchtartig wollte Mütze die Wohnung wieder verlassen, aber Karl-Dieter strahlte stolz und verheißungsvoll, als er ihn bat, sich doch wenigstens kurz zu ihnen zu setzen. Die Damen hätten nämlich eine wichtige Beobachtung gemacht.

»Aha, so, so, eine wichtige Beobachtung gemacht. Na dann, meine Damen, berichten Sie!« Ergeben ließ Mütze sich auf den freien Stuhl sinken.

»Erst wird ein Stück Torte probiert!«, sagte das ABC-Geschwader und schnitt ihm ein dickes Stück ab. »Kaffee?«

Mütze ergab sich in sein Schicksal.

»Milch und Zucker?«

»Auch das!« Mütze probierte ein Stück von der Sanddorntorte. Schmeckte nicht schlecht, ein bisschen bitter, aber nicht schlecht.

»Es schmeckt ihm«, jubelte das ABC-Geschwader, »nicht wahr, Karl-Dieter, es schmeckt ihm!«

Karl-Dieter nickte glücklich, während sich Mütze vorkam wie im falschen Film. Dagegen waren die Sonntagsnachmittagskaffeetafeln bei Tante Dörte ja die reinste Erholung!

»Noch ein Stück, Herr Kommissar?«

Mütze schüttelte den Kopf.

»Ach, kommen Sie, Herr Kommissar, nicht so bescheiden. Junge Männer wie Sie dürfen doch kräftig zugreifen. Bei Ihnen setzt doch nichts an!«

Mit diesen Worten schob ihm das ABC-Geschwader das nächste Stück auf den Teller. Wenn er jetzt nicht flüchtete, würden sie ihn mit der Torte umbringen, dachte sich Mütze schwitzend.

»Was ist jetzt mit Ihrer wichtigen Beobachtung?«, fragte er hilflos schluckend.

Ein triumphierendes Lächeln erschien auf den Gesichtern des Geschwaders. »Sehen Sie die Zeitung hier?«

Mütze kniff die Augen zusammen. Das war der Inselbote.

»Die Ausgabe von heute. Kennen Sie die beiden?« Das Geschwader deutete auf ein Foto auf der zweiten Seite.

Auf dem Bild waren Herr und Frau Knutsen zu sehen, offensichtlich ein älteres Archivbild, denn die beiden sahen jünger aus. Ein Artikel über Knut Knutsen, in dem seine Leistungen, sein grandioser Einsatz für die Sicherheit der Insel gelobt wurden. »Deichgraf« würde er von vielen genannt, »...und wer mag ermessen, wie viel Respekt dabei mitschwingt?« Ein tragischer Bootsunfall habe sich ereignet, noch würde nach Knutsen gesucht, aber die Hoffnung, ihn lebend zu finden, sei verschwindend gering, »...unser Mitgefühl gilt seiner Frau.« Auch auf dem Foto bewahrte Frau Knutsen ihren unabhängigen Stolz. Während Knutsen in die Kamera lachte, wandte sie den Blick ab und schaute unbestimmt in die Ferne.

»Die Dame haben wir vor einigen Tagen gesehen«, sagte das ABC-Geschwader mit geheimnisvollem Lächeln.

»Soso.« Mütze wurde das alles zu bunt hier. Was vertrödelte er seine Zeit mit diesen unheimlichen Seniorinnen? Was konnten sie schon zur Lösung des

Falles beitragen? War schon übel genug, die Sache mit dem angeblichen DNA-Fund zu verbreiten. Wie peinlich war es gewesen, dieses Gerücht dementieren zu müssen.

Das ABC-Geschwader ignorierte sein gelangweiltes Gesicht und schien nicht gewillt, ihn ziehen zu lassen.

»Wissen Sie, wo wir die Dame getroffen haben?«

»Woher soll ich das wissen?«

»In der Drogerie!«, sagte das Geschwader in einem Ton, als wäre diese Tatsache der Schlüssel zum Mord. Klar, wer so dreist war, in einer Drogerie einzukaufen, der konnte es auch zum Mörder bringen, dachte sich Mütze mit bitterem Spott. Nur weg hier!

»Und wissen Sie, was Frau Knutsen gekauft hat?«

»Zahnpasta vermutlich!«

»Eben nicht«, das ABC-Geschwader erhob seine Stimme, »sie hat Nagellackentferner gekauft!«

»Na und?« Mütze war verblüfft. »Wüsste nicht, was daran verdächtig wäre!«

»Nun«, sagte das ABC-Geschwader in gedehntem Tonfall, »ein Fläschchen wäre uns vermutlich gar nicht aufgefallen, die Dame aber hat fünf davon gekauft. Und Sie haben ja keine Ahnung, wie lange ein einziges Fläschchen reicht!«

Wumm! Mütze sah die Damen entgeistert an. Waren die drei nun verrückt oder einfach nur genial? Fünf Flaschen Nagellackentferner, wenn die drei Recht hatten, dann war das tatsächlich mehr als eine Spur! Dann konnte das der Schlüssel zu Knutsens Tod sein! Frau

Knutsen war nicht nur ein Racheengel, sie war ein Todesengel! Was für ein perfider Plan! Sie hatte sich den Nagellackentferner besorgt und damit heimlich die Lackschicht des Papierbootes an einer unauffälligen Stelle aufgelöst. Irgendwo unten am Kiel. Und als Knutsen mit dem Boot hinausgefahren war, hatte es Wasser gesogen und war ruckzuck gesunken. Mit oder ohne Lackspezialrezeptur von Harry.

»Danke, meine Damen«, rief Mütze, sprang auf und rannte hinunter zum Hafen. Hoffentlich war das Wrack noch da! Er lief, so schnell er konnte. Am Hafen war eine Menge los. Eine große Gruppe von Touristen stand in einem Halbrund am Kai und sah drei Männern zu, die auf drei großen Holzstämmen hockten, die schwarz aus dem Wasser ragten. Mütze lief im Rücken der Menge vorbei und riss die Tür zum Hafenschuppen auf. Gott sei Dank! Die traurigen Reste der Titanic lagen noch im Eck. Mütze rief sogleich Ahsen an und gab ihm den Auftrag, das Wrack so schnell wie möglich ins Labor zu bringen.

»Sie sollen es auf Spuren von Nagellackentferner untersuchen, hören Sie?«

»Nagellackentferner?«

»Sie haben mich richtig verstanden!«

Was für ein Tag! Wie dringend hätte er Unterstützung gebrauchen können, aber die Salmonellen durchwühlten immer noch die Gedärme sämtlicher ostfriesischer Kripobeamter. Eine Mordkommission, die nur aus einem Kommissar und einem Inselpolizisten bestand, wann hatte es das je gegeben? Und doch waren sie weitergekommen, entscheidend weiter. Wenigstens im Fall des ertrunkenen Knutsen. Und wem hatte er das zu verdanken? Dem ABC-Geschwader! Es war zu verrückt! Wie oft hatte er die siamesischen Drillinge innerlich verflucht, und nun das. Durch deren Beobachtungsgabe hatten sie jetzt die Rachegöttin am Wickel. Wenn es gelang, den Nagellackentferner am Wrack nachzuweisen, dann war die Sache reif für den Staatsanwalt. Auch das Motiv war geklärt, Hass auf den eigenen Mann wegen des fatalen Verdachts, ihre Freundin gemeuchelt zu.

Mütze war zufrieden mit sich, sehr zufrieden. Jetzt hatte er sich ein Bierchen verdient. Und Karl-Dieter und sein ABC-Geschwader ebenfalls. Mütze musste auch nicht lange bitten, alle waren sie Feuer und Flamme. Am Abend trafen sie sich im »Blanken Hans« und ließen sich an einem der freien Tische in dem grünumzäunten Garten nieder. Im Inneren der Kneipe war mehr los, dort wurde ein Fußballspiel übertragen. Mütze wunderte sich ein wenig, dass sich das ABC-Geschwader ebenfalls ein Pilsken bestellte.

»Auf Bottrop!«

»Auf die Liebe«, erwiderte das Geschwader kichernd.

Dann begannen die drei rüstigen Alten mit Karl-Dieter Haushaltstipps auszutauschen. Sie würden dringend empfehlen, die Fensterscheiben nur bei bedecktem

Himmel zu putzen. Und zum Trockenreiben simples Zeitungspapier zu benutzen, doch, doch, das sei besser als das beste Fensterleder. Beim Kaffee wäre es so, er schmecke besser, wenn man das Wasser zweimal aufkochen würde. Den benutzten Filter solle man nicht wegwerfen, mit dem Kaffeesatz ließen sich hervorragend die Geranien düngen. Selbst Mütze meinte, das alles schon gehört zu haben, und wunderte sich, dass Karl-Dieter das nicht lauthals verkündete. Er musste die drei wirklich sehr mögen.

Nach dem zweiten Pilsken wurde das Geschwader kulturell. Ob der Herr Kommissar und Karl-Dieter im Frühjahr auch bei dem Konzert von André Rieu in der Dortmunder Westfalenhalle gewesen seien? Wunderschön, einfach wunderschön! Wer hätte schon so viel Seele, so viel Gefühl wie André Rieu? Sympathischer sei nur noch Florian Silbereisen. Wo gebe es noch solch anständige junge Leute mit so viel Geschmack? Nach dem dritten Pilsken wurde das Senioren-Trio zunehmend lustiger und begann, den schönen alten Schlager »Bottroper Bier« zu singen. Karl-Dieter fiel vergnügt mit ein, und Mütze begann endgültig zu begreifen, dass die Einladung ein Fehler gewesen war. Zugegeben, er hatte den drei Damen viel zu verdanken, aber mussten sie sich deshalb so grausam an ihm rächen?

»Prost, Herr Kommissar!«, rief das Geschwader unbekümmert lachend in seine trüben Gedanken und ließ die Gläser klirren.

»Noch eine Runde?«, fragte der Kellner.

»Natürlich, junger Mann!«, tönte fröhlich die Antwort, bevor Mütze protestieren konnte, »so jung kommen wir nicht mehr zusammen!«

Es war dunkel geworden, und ein Stern nach dem anderen blinkte über dem samtschwarzen Inselhimmel auf. Aus der Kneipe ertönte kollektives Geraune, dann ein Torschrei. Der BVB spielte nicht, deshalb ließ Mütze das kalt. Das ABC-Geschwader hatte sich von der Kultur verabschiedet und kam nun auf die Liebe zu sprechen. Sie fänden es ja so reizend, ja so was von reizend, die beiden Herren kennengelernt zu haben. Ob die beiden auch regelmäßig zum Tanzen gingen? In ihrer Jugend sei das Tanzen ja noch modern gewesen, also dieses schicke Tanzlokal in Kirchhellen mit seinen Nierentischchen! Oder würden homosexuelle Herren nicht tanzen gehen? Sei sicher schwierig wegen der Damenschritte! Mütze hätte sie auf den Mond schießen können. Hoffentlich kamen sie bald wieder auf die Hauswirtschaft zu sprechen. Sie taten ihm den Gefallen, wollten wissen, ob sich der Herr Kommissar auch am Haushalt beteilige. Denn in einer modernen Beziehung sei es wichtig, dass sich jeder Partner einbringe.

»... nicht nur unser armer Karl-Dieter, wonnich?«

»Wenn ich mal zum Sauger greife, dann nur vollkommen nackt«, sagte Mütze, dem es nun endgültig reichte.

»Huch!«, rief das Geschwader, »Sie scheinen ja ein rechter Wüstling zu sein, Herr Kommissar!«

»Jawohl!« Mütze senkte die Stimme: »Und nach dem Saugen packe ich mir den Teppichklopfer!«

So wurde es doch noch ein gelungener Abend. Die Leute von den Nachbartischen drehten sich zu den kreischenden Alten um und schüttelten belustigt den Kopf. Der Kellner brachte die nächste Runde Bier und auf Mützes ausdrücklichen Wunsch auch fünf Gläser Küstennebel. Wenn schon, denn schon! Die Straßenlaternen tauchten zusammen mit den Kerzen auf den Tischen alles in ein heimeliges Licht. Mütze verabschiedete sich kurz, um auszutreten. Als er aber aus der Kneipe zurückkam und sein Blick auf die geparkten Fahrräder fiel, stockte sein Atem. Das Rad da vorne! Die Gepäcktaschen! Eine schwarze auf der einen Seite, eine rote auf der anderen! Genau, wie es der junge Öhrenfeld geschildert hatte! Die Person mit der Kapuze, die vor dem Fenster vorbeigeradelt war. Von Westen und das hieß aus der Richtung, wo man Antje Söring gefunden hatte! Mensch, warum kam ihm der Gedanke erst jetzt! Wenn die Angaben stimmten, hatte die Lehrerin um genau 6:45 Uhr das Zimmer ihres Lustknaben verlassen, die Zigarette hatten die beiden unmittelbar zuvor geraucht. Das hieß, der unbekannte Radfahrer hätte bequem zur fraglichen Tatzeit am Strand sein können. Knutsen – Gott hab ihn selig – hatte die Leiche gegen 7:00 Uhr entdeckt. Beim Muschelhaus teilten sich die Wege zum Dorf. Wenn der Radler auf dem Weg zurück den nördlichen Pfad eingeschlagen hatte, war er Knutsen mit seiner Elektrokiste nicht begegnet. Hätte ihn nicht zufällig das Liebespärchen gesehen, niemand hätte sich an ihn erinnert.

Als Mütze an den Tisch zurückkehrte, setzte er sich so, dass er das Fahrrad im Blick hatte. Für ihn stand fest, er würde es observieren, bis sein Besitzer zurückkam. Die Fußballübertragung musste bald zu Ende sein, vielleicht hatte er Glück und der Täter war nur zum Fernsehgucken gekommen. Dann würde es nicht mehr lange dauern. Das Rad war eines mit tiefem Einstieg, es konnte einer Frau genauso gut gehören wie einem Mann. In jedem Fall war die Person hochverdächtig, etwas mit dem Mord zu tun zu haben. Denn warum hat sie sich sonst nicht für eine Befragung zur Verfügung gestellt? Jeder auf Spiekeroog wusste, was passiert war. Der Inselbote hatte jeden aufgerufen, der zur fraglichen Zeit im Osten der Insel unterwegs gewesen war, sich zu melden. Doch das hatte niemand getan.

Der Kellner kam mit einer neuen Runde Küstennebel. »Geht diesmal auf unsere Kosten«, lachte das ABC-Geschwader, »Prost, auf das junge Glück!«

Der Schiedsrichter hatte abgepfiffen, aus der Kneipe drängten sich die Gäste. Mütze saß plötzlich kerzengerade da und ließ das Fahrrad nicht aus den Augen. Die Räder links und rechts wurden aufgeschlossen und weggeschoben, laut und heftig diskutierend schob sich der Pulk von Fußballfreunden zum Dorfplatz, wo er sich in verschiedene Richtungen verlief. Das Rad mit der roten und der schwarzen Satteltasche aber stand weiter unbewegt vor dem Blanken Hans. Da trat ein sehniger Mann aus der Kneipentür, ging mit raschen Schritten darauf zu und schloss es auf.

»Ich werd verrückt«, schoss es Mütze durch den Kopf, »Uwe Sielmann, der Seehundkämpfer!«

Sielmann schwang sich auf den Sattel und fuhr an der Apotheke vorbei gen Osten.

»Ich muss los«, zischte Mütze den anderen zu, sprang auf, schnappte sich Ahsens Fahrrad, das er an den Zaun gelehnt hatte und fuhr Sielmann hinterher. Kaum aber war er zwanzig Meter weiter, da hörte er Schritte hinter sich und Karl-Dieters flehende Stimme.

»Warte doch, Mütze, was hast du vor?«

Nach einer kurzen Diskussion ging es ächzend weiter. Das Fahrrad war nicht für zwei konstruiert. Karl-Dieter aber hatte darauf bestanden mitzukommen. Seit der unheimlichen Sache mit dem Schuh und dem Handy hatte er Angst um Mütze. Da war doch ein Psychopath unterwegs! Mütze, der keine Zeit verlieren wollte, hatte ihn fluchend aufsteigen lassen. Langsam gewann er wieder an Geschwindigkeit. Hatten sie den Seehundkämpfer verloren? Nein, zum Glück nicht, vor ihnen tauchte sein rotes Rücklicht wieder auf.

Mütze trat nun vorsichtiger in die Pedale und hielt Abstand. Sein Instinkt sagte ihm, dass es besser war, abzuwarten und den Verdächtigen zunächst nur zu observieren. Die Beweislage war viel zu dünn. Selbst wenn sie diesem fanatischen Tierschützer nachweisen konnten, in der Nähe des Tatorts gewesen zu sein, was brachte das schon? Er würde sich herausreden. Fahrradfahren war auf Spiekeroog zwar ungern gesehen, aber noch nicht verboten. Keine DNA-Spuren, keine Fingerabdrücke, kein Motiv, nichts. Jeder Staatsanwalt würde da nur müde abwinken. Nein, sie mussten vorsichtig vorgehen, geschickt auf den richtigen Moment warten, Sielmann wenn nötig eine Falle stellen. Mütze kannte sich aus mit halblegalen Tricks. Hatte er erst den Täter, fragte niemand mehr danach. Vermutlich fuhr Sielmann zu seiner Wohnung zurück. Wo mochte sich diese befinden? Bald war der Ostrand des Dorfes erreicht, nur noch drei, vier Häuser, dann ging's ab in die Dunkelheit, ab in die Dünen. Sielmann fuhr weiter geradeaus. An den letzten Häusern vorbei, hinein in die Dünenfinsternis. Der Schein seiner Lampe war nun deutlich zu sehen, ein kaltes blaues Licht, das hin und her schwankte und die Dünen streifte.

Mütze zerrte seinen Dynamo vom Reifen und behielt den Abstand bei, Karl-Dieter klammerte sich mit beiden Armen an ihm fest. Wenn er doch ein paar Pfund leichter wäre! Das Rad fuhr hinten fast auf der Felge, zudem wurde der Weg schlechter, man sah kaum, wo man hinfuhr. Weiter ging die Fahrt, an den Erholungsheimen vorbei, in denen noch Licht brannte, vorbei auch am Muschelhaus, immer weiter Richtung Westen. Bald würden sie an die Stelle kommen, an der es zu dem Strandabschnitt ging, wo Knutsen die Meerjungfrau gefunden hatte. Mütze spürte, wie der Jagdtrieb in ihm brannte. Kehrte der Mörder zum Tatort zurück? Aber warum jetzt, warum zu dieser späten Stunde? Was wollte der Kerl da draußen?

Noch vorsichtiger fuhr Mütze jetzt, vergrößerte den Abstand noch ein Stück. Zum Glück sah er jetzt besser, die Augen hatten sich an die Dunkelheit gewöhnt. Plötzlich stoppte das Fahrrad vor ihnen. Exakt an der Stelle, wo sie das Rad von Antje Söring gefunden hatten! Eine kleine Taschenlampe flammte auf, ihr Kegel wanderte zwischen den Dünen entlang Richtung Meer. Mütze bremste so heftig, dass Karl-Dieter ihn fast über den Lenker gestoßen hätte. Rasch stiegen sie ab, schoben das Rad hinter einen Strauch und stolperten so gut es ging dem Licht hinterher. Auf der obersten Randdüne, dort wo Knutsen ihm mit dem Fernglas den Fundort der Leiche gezeigt hatte, duckten sie sich hinter einem Büschel Strandhafer.

Von hier oben konnten sie den Strand gut überblicken, der sich sonst endlos in die Weite dehnte, nun aber zu einem kleinen Streifen zusammengeschmolzen war. Es musste kurz vor dem Hochstand der Flut sein. Sie sahen, wie Sielmann sich dem Meeressaum näherte, die beiden leichten Fahrradtaschen in der Linken, die Taschenlampe in der Rechten. Die Nacht war sternenklar, im Licht des Dreiviertelmondes waren sogar Schatten zu erkennen. Sielmann blieb an der Stelle stehen, wo die weißen Schaumlinien der heranrollenden Wellen an den Strand schwappten, und blickte auf das Meer hinaus. Am Horizont war wieder eine erleuchtete Kette von großen Schiffen zu sehen. Sielmann richtete seine Lampe in die Ferne und begann sie in schneller Folge an- und auszuschalten. Dann zog er etwas aus der Tasche und steckte es in den Mund.

»Seine Seehundpfeife!«, flüsterte Karl-Dieter, und Mütze nickte.

Sie lagen im kühlen Sand und warteten. Eine gute Minute passierte nichts. Sielmann schwenkte den Lichtstrahl nun an dem Meeressaum hin und her. Plötzlich hielt er inne.

»Ich werd nich mehr«, raunte Karl-Dieter, »eine Robbe!«

Tatsächlich! Ein Seehund tauchte aus den Wellen auf, schwarz leuchtete sein Kopf wie glänzende Seide. Sielmann watete ins Wasser, ihm entgegen. Als er die Robbe erreicht hatte, beugte er sich nieder, schien sie zu tätscheln und mit irgendetwas zu füttern. Dann griff er sich etwas aus dem Wasser, zwei dunkle Säcke. Sie waren offensichtlich mit einer Leine miteinander verbunden, die er hinter sich her an Land zog und aufknotete. Was machte er jetzt? Aus den Bewegungen schloss Mütze, dass Sielmann aus den Säcken Luft entweichen ließ und sie dann in die geöffneten Fahrradtaschen steckte. Schließlich warf er noch etwas ins Wasser, der Seehund stürzte sich darauf und verschwand in den schwarzen Wellen. Mit den gefüllten Taschen in den Händen ging Sielmann nun zu den Dünen zurück, direkt auf sie zu.

»Ich schnapp ihn mir«, flüsterte Mütze, »bleib du hier!« Darauf schlich er sich geduckt die Düne hinunter und sprang mit einem Satz direkt vor den völlig verdutzten Sielmann.

»Polizei!«, rief Mütze. »Sie sind verhaftet!«

Im nächsten Moment lag Mütze rücklings im Sand. Sielmann hatte die rechte Fahrradtasche geschwungen und Mütze damit zu Boden geworfen. Nun ging er auf Mütze los, packte dessen Kehle mit beiden Händen. Mütze versuchte, sich aufzubäumen und sich aus dem harten Griff zu befreien, Sielmann aber drückte mit unglaublicher Kraft zu, mit Händen aus Stahl. Schon schwanden Mütze die Sinne, da wurde Sielmann plötzlich von ihm weggerissen. Karl-Dieter! Er hatte sich mit seinem ganzen massigen Körper auf Sielmann gestürzt und begrub ihn nun unter sich. Mütze richtete sich auf, zog die Handschellen aus der Hosentasche und ließ sie hinter Sielmanns Rücken um dessen Handgelenke klicken.

»Widerstand gegen die Staatsgewalt und Mordversuch! Das dürfte reichen!«, zischte Mütze. »Haben Sie Antje Söring auf die gleiche Weise erledigt?«

Sielmann hustete nur den Sand aus, den er in den Mund bekommen hatte, und gab einen Fluch von sich.

»Sie haben uns nichts zu sagen? Dann wollen wir doch mal einen Blick in Ihre Taschen werfen. Bleib nur einen Moment auf ihm sitzen, Karl-Dieter!«

In den Taschen befanden sich zwei Gummisäcke und das Seil, in dessen Mitte ein roter Plastikknochen befestigt war. Der kam Mütze sehr vertraut vor. Das gleiche Teil hatte Sielmann seine Robbe apportieren lassen! Bei der Fahrt zu den Seehundbänken! Mit dem Plastikknochen hatte das Tier die beiden Säcke an den Strand geschleppt.

Als Mütze sie gespannt öffnete, purzelten ihm zahlreiche prall gefüllte Beutel entgegen. Einen davon öffnete Mütze und schmeckte an dem weißen Pulver, das nun herausrieselte.

»Kokain«, sagte Mütze, »beste Qualität! Was Seehunde doch so alles anschleppen!«

Wieder fluchte Sielmann und versuchte, Karl-Dieter abzuwerfen, der aber blieb ruhig auf seinem Rücken sitzen.

Ahsen schüttelte den Kopf. All das erschien ihm so unglaublich, dass er es schlicht nicht begreifen konnte. Sielmann ein Drogendealer? Sielmann der Mörder von Antje Söring?

»Zufall!« Mütze gab seiner Freundin, der Spiralmöwe auf Ahsens Schreibtisch, einen Stups, so dass sie zu schaukeln begann. »Antje Söring ist ihm in die Quere gekommen. Als er seine Ladung Koks in Empfang nehmen wollte, war sie zufällig dort unterwegs. Deshalb musste sie sterben.«

»Aber was wollte Uwe mit dem Kokain?«

»Dealen! Für seine Seehundbabyaufzuchtstation«, sagte Mütze. »Ein Idealist, dem Tiere alles bedeuten.«

»Aber deshalb wird man doch nicht zum Mörder!«

»Menschen morden aus noch viel unsinnigeren Gründen.«

Ahsen hörte nicht auf, seinen Kopf zu schütteln.

Mütze stoppte das Nicken der Möwe. »Gute Nacht, Herr Kollege!«

Montag

»Und?«, fragte Karl-Dieter, als sie am nächsten Mittag zum Strand gingen.

Und Mütze erzählte. Nach einer Nacht im Polizeigewahrsam habe Sielmann alles gestanden. Dass er mit Kokain deale, dass er einen Großteil an die Feiergemeinde verkaufe, die an manchen Wochenenden gewisse Strandabschnitte zur Partyzone mache, dass er seinen Zooseehund darauf abgerichtet habe, die Fracht, die ihm ein Zuträger vom Containerschiff ins Wasser werfe, an den Strand zu schleppen, dass Antje Söring ihn dabei beobachtet habe, dass er sie deshalb töten musste. Dass er das Geld brauche, um die teure Station aufzubauen, dass sich ja sonst niemand, wirklich niemand sonst um die Robbenbabys kümmere. Dass der Mensch die Seehunde wie so viele andere Arten ausrotten würde. Dass alles seinen Preis habe.

»Wahnsinn«, seufzte Karl-Dieter, »und ich hab ihn für einen feinen Kerl gehalten!«

»Ein Fanatiker, der sich in seine Ideen verrannt hat.«

»Und was sollte die Sache mit dem Schuh und dem Handy?«

»Wollte falsche Spuren legen. Hat wohl auch die SMS gelesen und hat gedacht, uns damit reinlegen zu können.«

Die Sonne schien aufs Schönste, auch für die nächsten Tage war nur bestes Wetter gemeldet. Karl-Dieter konnte sein Glück kaum fassen, noch eine Woche hierbleiben zu dürfen. »Nein, nein«, hatte der Bürgermeister gesagt, keine Miete, keine Kurtaxe, das sei doch das Mindeste! Urlaub pur! Und ohne berufliche Verpflichtungen, jetzt, wo der Mörder zur Strecke gebracht war. Die Mörder! Auch Frau Knutsen hatten sie verhaften müssen, das Labor hatte tatsächlich Spuren des Nagellackentferners nachweisen können. Wortlos hatte sich die stolze Frau abführen lassen und ihm einen hasserfüllten Blick zugeworfen. Er hatte nur Mitleid mit ihr empfinden können.

Nun war Urlaub angesagt! Sonne, Meer und Strandromantik! Mütze war in bester Stimmung, kein Wunder, unter solchen Bedingungen. Gleich zwei Mörder gefasst zu haben, das sollte ihm mal einer nachmachen! Mehr oder weniger allein, nur mit einem Inselpolizisten an der Seite. Ja, zugegeben, auch mit Hilfe von Karl-Dieter. Und dem ABC-Geschwader. Nun konnten sie endlich ihren Urlaub genießen. Naja, zumindest Karl-Dieter, der ja meinte, unbedingt Urlaub machen zu müssen. Dabei war es im Sommer in Dortmund doch auch sehr schön. Spaziergänge im Schwerter Wald, Bierchen trinken bei Hösels, in der wieder ausgebuddelten Emscher planschen ... Okay, okay, Spiekeroog war auch nicht schlecht, mal so richtig entschleunigen, ausspannen, abhängen. Einfach mal in Ruhe im Strandkorb zu sitzen und keine Mörder jagen zu müssen, war doch auch keine schlechte Perspektive. Wenn der Weg zur Bierquelle nur nicht so weit wäre! Stünde der Strandkorb in Dortmund, käme bestimmt jede Viertelstunde ein fliegender Händler mit kalten Getränken vorbei.

Mit solchen Gedanken erreichten die beiden Männer den Strand und schlurften zu ihrem Strandkorb hinüber. Endlich mal Zeit für traute Zweisamkeit! Behaglich ließen sie sich in ihrem Korb nieder. Karl-Dieter machte ein Gesicht wie am Heiligen Abend und zog ein Geschenk für Mütze aus der Strandtasche. Ein Bild, dessen Rahmen über und über liebevoll mit Muscheln beklebt war. Das Bild war Mütze wohlvertraut. Es zeigte Karl-Dieter und ihn, wie sie mit dem roten Herz in den Händen vor der Webcam des Spiekerooger Rathauses standen. Mütze wusste nicht, was er sagen sollte, und murmelte etwas wie »Danke!« Als er die Augen schloss, um endlich in Ruhe das Wellenrauschen zu genießen und Karl-Dieter dicht neben sich zu spüren, ertönte plötzlich ein fröhlicher Dreigesang: »Überraschung!«

Aus dem Nachbarkorb beugten sich drei vertraute grau-violette Köpfe vor und lachten vergnügt zu ihnen hinüber. Wo auf der Welt kann's schöner sein als auf Spiekeroog?

ENDE

Inselkrimis im Prolibris Verlag

Antje Friedrichs, Letztes Bad auf Norderney
Paperback, 204 Seiten, ISBN 978-3-935263-17-7

Klara G. Mini, Badezeiten
Langeoog Krimi
Paperback, 222 Seiten, ISBN 978-3-935263-64-1

Volker Streiter, Mörderische Nachsaison
Amrum Krimi
Paperback, 214 Seiten, ISBN 978-3-935263-95-5

Volker Streiter, Grab ohne Meerblick
Amrum Krimi
Paperback, 261 Seiten, ISBN 978-3-95475-007-8

Birgit C. Wolgarten, Und es wurde Nacht
Rügen Krimi
Paperback, 251 Seiten, ISBN 978-3-935263-24-5

Birgit C. Wolgarten, Der Tod der Königskinder
Rügen Krimi
Paperback, 190 Seiten, ISBN 978-3-935263-32-0

Birgit C. Wolgarten und Marie Claire Frey, Der Zorn des schwarzen Engels
Rügen Krimi
Paperback, 211 Seiten, ISBN 978-3-95475-078-8